무림오적 70

초판 1쇄 발행 2024년 9월 27일

지은이 ㅣ 백야
발행인 ㅣ 최원영
편집장 ㅣ 이호준
편집디자인 ㅣ 박민솔
영업 ㅣ 김민원 조은걸

펴낸곳 ㅣ ㈜디앤씨미디어
등록 ㅣ 2002년 4월 25일 제20-260호
주소 ㅣ 서울시 구로구 디지털로32길 30 코오롱디지털타워빌란트 1301-1308호
전화 ㅣ 02-333-2513(대표)
팩시밀리 ㅣ 02-333-2514
E-mail ㅣ papy_dnc@dncmedia.co.kr
블로그 ㅣ blog.naver.com/gnpdl7

ISBN 978-89-267-8989-6 04810
ISBN 978-89-267-3458-2 (SET)

※ 저자와 협의하여 인지는 붙이지 않습니다.
※ 이 책은 ㈜디앤씨미디어(파피루스)가 저작권자와의 계약에 따라 발행한 것으로 본사와 저자의 허락 없이는 어떠한 형태나 수단으로도 내용을 이용할 수 없습니다.

백야 신무협 장편소설

70

무림오적

武daemon五賊

PAPYRUS
파피루스

1장 풍양객잔(風陽客棧)의 노인들　7

2장 안개에 갇힌 사람들　41

3장 안개 속의 역습(逆襲)　65

4장 계획대로는, 무슨!　99

5장 안개 속의 계곡가　123

6장 신산귀모(神算鬼謀)　159

7장 무림삼왕(武林三王)　183

8장 전설(傳說)이 무너지는 소리　219

9장 그녀에게 주었던 모든 것들이　243

10장 역시 내가 죽어야 하나　279

1장.
풍양객잔(風陽客棧)의 노인들

물론 그러한 갈등은 풍양객잔에서만 일어나지 않았다.
애당초 사공이 많으면 의견 일치를 보기 힘든 법이었다.
또 그 사공이 저마다 실력이 있으며
나름대로 야망과 욕심이 있는 자들이라면
더더욱 상대의 의견보다 제 주장을 관철하고자 하였다.

풍양객잔(風陽客棧)의 노인들

1. 원래 사공이 많으면

어제부터 내리기 시작한 안개비가 온종일 땅과 공기를 촉촉이 적시는 가운데, 대읍현 일대는 온통 희뿌연 안개로 뒤덮여 있었다.

시간이 흐르면서 그나마 거리를 밝히고 있던 주변 가게들의 불이 하나둘씩 꺼졌다. 이제 풍양객잔 주변 거리에는 오직 풍양객잔에서 흘러나오는 불빛만이 저 희뿌연 안개 속에서 불투명하게 일렁이고 있었다.

먼저 밖으로 나갔던 동료 기인들의 비명에 누가 말릴 새도 없이, 이삼십 명의 노인이 발작적으로 객잔을 뛰쳐나갔지만 객잔 내부의 상황은 생각 외로 그리 어수선하지 않았다.

그들의 뒤를 따라 움직이려 했던 노기인들은 곧바로 흘러나온 무림십왕의 혀를 차는 소리에 엉거주춤 자리에 앉을 수밖에 없었고, 이후 대청에는 오로지 무림십왕이 주고받는 대화 소리만 은은하게 이어질 뿐이었다.

이 자리에 모여 있던 무림십왕은 모두 일곱 명이었다.

도왕(刀王)이라 불리는 패도천왕 왕두균, 검왕(劍王)이라 불리는 무정검왕 목부강, 전왕(戰王)이라 불리는 무적전왕 한백남, 궁왕(弓王)이라 불리는 십전궁왕 이겸수, 권왕(拳王)이라 불리는 절대권왕 조동립, 그리고 소수음후가 바로 그들이었다.

기실 중원에서 활동하지 않아서 그 행적이 모호한 검후(劍后)와 수왕(獸王) 두 사람과 녹림의 절대자인 녹림산왕(綠林山王)을 제외한다면, 이른바 현 무림의 절대 고수 십인(十人)을 칭하는 무림십왕의 전력(全力)이 이곳에 모여 있다고 해도 과언이 아니었다.

무림십왕은 각자 호랑이와 같은 존재였다. 떼를 짓지 않고 무리로 생활하지 않는 절대자.

당연히 그들은 태극천맹 소속도 아니었으며, 오대가문의 명령도 듣지 않았다. 그런 고고한 절대자들이 이렇게 한자리에 모이게 된 건 역시 개개인의 인연이 큰 이유를 차지하고 있었다.

무정검왕 목부강이야 멸절사태의 복수를 하기 위해 담우천을 찾아 나섰을 테고, 무적전왕 한백남 역시 하북칠의의 복수를 위해 화군악의 뒤를 쫓던 상황이었다.

다른 십왕들도 비슷했다. 그들 모두 저마다의 인연과 이유를 가지고 지금 이렇게 근 이십여 년 만에 처음으로 한자리에 앉아서 술을 마시는 중이었다.

한동안 길게 이어지던 대화가 한순간 끊긴 이후로 잠시 침묵이 이어졌다. 노기인들도 침묵한 가운데 힐끗힐끗 창밖을 내다보았다. 초조한 기색이 역력한 눈빛이었다.

처음 객잔 밖 먼 곳에서 희미하게 들려온 비명을 듣고 서너 명의 노기인이 달려 나갔다. 그때까지만 하더라도 풍양객잔의 노인들은 상황을 그리 엄중하게 생각하지 않았다.

하지만 그렇게 밖으로 달려 나갔던 노기인들의 비명이 들려온 직후, 상황은 급변했다. 먼저 뛰쳐나갔던 백의노사와 천절검객, 도봉선인들의 비명이 들리자마자 그들의 동료 이삼십 명이 우르르 객잔 밖으로 몸을 날렸다.

그게 벌써 일각 전의 일이었다.

뭔가 소란이 벌어져도 한참 전에 벌어져야만 했다. 쫓는 기척이나 싸우는 소리, 하다못해 울분을 터뜨리는 광소라도 들려와야 했다.

하지만 마치 저 희뿌연 안개가 모든 소음을 삼켜 버린

것처럼 거리 저편에서는 아무런 소리도 들려오지 않았다. 그게 더 풍양객잔의 노인들을 초조하게 만들고 있었다.

 당장이라도 저 안개 속으로 뛰어들고 싶은 그들을 말린 건 공교롭게도 무림십왕이었다. 독불장군이라 고고하게 홀로 강호를 떠도는 그들은 놀랍게도 지금 상황에서는 함부로 움직이는 것보다 비선과 청성 지부의 움직임을 기다리는 게 낫다고 주장했다.

 냉정하게 보면 확실히 무림십왕의 주장이 옳았다. 뜻밖의 일이 발생할 경우, 무작정 움직이는 것보다는 상황을 살피며 비선의 보고를 통해 다음 계획을 수립하는 게 확실한 대처법이었으니까.

 하지만 이상과 현실은 다른 법이었다.

 동료들이 지금 어떤 상황에 처했는지 알지 못하는 풍양객잔의 노인들은 그야말로 엉덩이에 불이 난 것처럼 들썩거리고 있었다.

 "아니, 다들 밖으로 뛰어나갔으면 그중 한두 명이라도 돌아와서 백의노사와 천절검객, 도봉선인이 어떻게 되었는지 좀 알려 줘야 할 것 아닌가? 이거야 원, 졸지에 귀머거리 봉사 신세가 되었으니."

 노기인 중 누군가 투덜거렸다. 그러자 기다렸다는 듯이 다른 노인들이 앞다퉈 입을 열었다.

 "그러니까 말이오. 이렇게 객잔 안에서 초조하게 기다

리고 있는 우리를 생각해서라도 몇몇은 돌아와 무슨 일이 있었는지 간략하게라도 설명해 줘야 할 것 아니오? 그래야 우리도 나서든가 말든가 할 텐데."

"아무래도 비선이나 청성 지부 아이들은 아직 사태 파악이 안 된 모양이오. 차라리 우리가 직접 나서서 확인하는 게……."

마지막 노기인의 말에 대부분의 노인들이 고개를 끄덕이며 맞장구를 쳤다. 순식간에 대청 분위기가 바뀌어 금방이라도 이 모든 노기인들이 자리를 박차고 객잔 밖으로 달려 나갈 것만 같았다.

바로 그때였다. 객잔 안으로 세 명의 중년 무사가 뛰어들어왔다. 비선의 부주(副主)와 그 보좌들이었다.

그들을 보자마자 노인들이 앞다퉈 물었다.

"도대체 무슨 일이 벌어진 거요?"

"설마 무림오적이 역습을 감행한 것인가?"

"아니면 공적십이마 중 살아남은 자들이 나타난 게요?"

부주는 공손하게 허리를 숙이며 입을 열었다.

"확실하지는 않지만 무림오적과 황계가 연계하여 기습 공격을 펼치는 것 같습니다."

일순 노인들은 그럴 줄 알았다는 듯이 탄성을 내질렀다. 동시에 몇몇 다혈질의 노인들이 자리에서 벌떡 일어나며 버럭 소리쳤다.

"아니! 그렇다면 지금 이렇게 마냥 한가로이 앉아 있을 때가 아니잖은가? 어서 빨리 놈들이 숨어 있는 곳을 찾아가서 단숨에 해치워야……."

"우선 대읍현 주변 백여 리에 펼쳐 두었던 경계망을 축소, 이 일대로 집결시키는 중입니다."

부주는 빠른 속도로 말했다.

"동시에 청성 지부와 비선의 무사들이 그들이 숨어 있을 곳을 찾는 데 집중하고 있습니다. 그러니 그들의 행적을 찾기 전까지는 조금만 참고 기다려 주셨으면 합니다."

부주의 말에 조금 전 소리쳤던 검은 피부의 노인이 마음에 들지 않는다는 표정을 지으며 다시 소리쳤다.

"우리가 참고 기다릴 이유가 무엇인가?"

"그건……."

부주가 살짝 망설이다가 사실대로 말했다.

"아무리 백팔원로와 무림십왕이라 할지라도 이 지독한 안개 속에서 싸우는 건 쉽지 않을 거라고 생각했기 때문입니다. 무엇보다 무림오적은 이런 유격전투(遊擊戰鬪)에 특화되어 있으니까요."

"이런, 쯧쯧."

구석진 자리에서 가만히 듣고 있던 무적전왕 한백남이 혀를 차며 중얼거렸다.

"하필이면 그런 식으로 말하다니. 그것도 유달리 자존

심 강하기로 유명한 노인네들 앞에서 말이야."

 아니나 다를까. 검은 피부의 노인이 눈에 불을 켜며 소리쳤다.

 "뭐라? 안개 속에서 싸우기가 힘들다? 이 선풍흑로(颸風黑老)에게 이깟 안개가 장애물이 될 거라고? 진심으로 그렇게 생각하는가?"

 그러자 다른 노인들도 자리에서 벌떡 일어나며 불쾌하다는 듯이 말했다.

 "이거 비선이 우리를 너무 과소평가하는 게 아니오?"
 "천하의 혈천노군과 유령신마, 무상검마를 해치운 우리요. 설마하니 무림오적 애송이들이 그들보다도 더 강하다고 착각하는 건 아니겠지?"
 "아니, 굳이 저자와 싸울 것 없소! 바로 밖으로 나가서 과연 무림오적이라는 놈들이 얼마나 강한지, 그리고 저 안개가 과연 우리의 걸림돌이 될지 확인해 봅시다!"

 선풍흑로의 선동에 다시 이삼십여 명의 노인이 자리에서 일어났다.

 부주는 당황하여 그들을 설득하려 했지만 소용없었다. 성격 급하기로 소문난 선풍흑로와 광풍검옹(狂風劍翁)을 선두로 수십 명의 노인이 부주와 보좌관들을 밀치며 객잔 밖으로 달려 나갔다.

 대청에 남아 있던 노인들이 길게 한숨을 내쉬며 고개를

설레설레 흔들었다.

"허어, 이미 칠순이 넘은 나이에도 아직 저렇게 불같은 성격이라니……."

"부주의 말도 일리가 있으니 조금 더 상황을 지켜보는 것도 나쁘지 않은데 말이오."

"원래 사공이 많으면 배가 산으로 가는 법이오. 이렇게 많은 인물들이 어찌 한마음 한뜻으로 움직일 수 있겠소? 결국 필연적으로 일어날 수밖에 없는 일이라고 생각하오."

"흐음. 그래도 이 상황이 나쁜 결과로 이어지지 않으면 좋겠는데."

신중파에 해당하는 노인들은 차분한 어조로 걱정스레 대화를 나눴다.

우르르 달려 나온 사람들에게 밀쳐져서 객잔 밖 거리까지 밀려 나갔던 부주가 머쓱한 표정을 지으며 되돌아왔다. 그는 아직 남아 있는 수십 명의 노기인과 무림십왕을 돌아보며 정중하게 말했다.

"조금만 참고 기다려 주시기를 바랍니다. 비선과 청성지부의 무사들이 최대한 빠르고 정확하게 놈들의 행적을 찾아서 보고드리겠습니다."

그의 정중한 이야기에 신중파 노인들은 흡족하다는 표정을 지으며 고개를 끄덕였다.

그렇다. 상황이 수상한데 과격하게 함부로 움직이는 건 좋지 않은 법. 모든 일은 순리대로 풀어 나가야 했다.

그게 지금 이 객잔 대청에 남아 있는 노인들의 생각이었다.

2. 몽무사색(夢霧四塞)

물론 그러한 갈등은 풍양객잔에서만 일어나지 않았다.

애당초 사공이 많으면 의견 일치를 보기 힘든 법이었다. 또 그 사공이 저마다 실력이 있으며 나름대로 야망과 욕심이 있는 자들이라면 더더욱 상대의 의견보다 제 주장을 관철하고자 하였다.

지금 비선과 청성 지부의 수뇌부들도 그런 상황이었다.

게다가 사실 청성 지부의 지부주인 진천쌍검(震天雙劍) 구자발(邱刺發)은 애당초 천소유를 마땅치 않게 생각했다.

부모 잘 만나서 부족한 능력과 실력에도 불구하고 비선의 주인이라는 엄청난 자리를 차지하고 앉은 계집.

그게 구자발의 천소유에 대한 평가였다.

그렇게 처음부터 마음에 들지 않은 그녀였으니 사사건건 시비가 붙고 다툼이 일어나지 않을 수가 없었다. 직급

상으로는 당연히 청성 지부주가 비선의 선주보다 아래였지만, 구자발은 쉽게 그녀의 지시를 따르지 않았다.

어쨌든 나이도 많고, 또 이곳 사천 토박이인 데다가 무엇보다 무공 또한 그녀보다 훨씬 뛰어났으니까.

그래서였다. 천소유가 최대한 빨리 경계망을 압축하여 풍양 일대로 집결하라는 지시를 내렸지만 구자발은 듣는 시늉조차 하지 않았다.

심지어 몇몇 무사들이 목숨을 잃었다는 보고를 듣고서도 그는 자존심을 굽히지 않았다. 외려 그는 무사들이 목숨을 잃은 지역으로 무사들을 파견하여 그 일대를 수색하는 형식으로 천소유의 지시를 확실하게 거절했다.

그렇게 서로의 알력으로 인해 생긴 시간적 여유와 빈틈 덕분에 강만리 일행과 십이백야, 오십이 황백들은 생각보다 훨씬 쉽고 빠르게 대읍현 중심부로 잠입할 수 있었다.

동시에 그들은 경계망이 새롭게 구축되기 전에 각자 대읍현 곳곳에 자리를 잡고 은신한 채로 강만리의 지시를 기다렸다.

뒤늦게 상황의 중대함을 알게 된 구자발이 부랴부랴 경계망을 축소하여 풍양객잔 일대로 무사들을 집결시키고자 했을 때는 이미 사건이 크게 터진 후의 일이었다.

　　　　　　＊　＊　＊

 "허어. 음무사색(陰霧四塞)이로군그래."

 도봉선인의 비명을 듣고 풍양객잔을 뛰쳐나왔던 노기인들 중 한 명이 짙게 깔린 안개를 바라보며 중얼거렸다.

 음무사색(陰霧四塞:짙은 안개가 사방을 뒤덮어) 불변지척(不辨咫尺:지척을 가릴 수 없구나)이라는 시구의 한 구절로, 지금의 상황을 적절하게 표현하는 말이기도 했다.

 얼마나 안개가 짙게 깔렸는지 이 태극천맹 백팔원로와 같은 절정 고수들조차도 시야가 가려져 전혀 앞을 볼 수가 없었다. 오로지 코와 귀에 의지하여 안개에 숨어 있을 누군가의 냄새와 기척을 찾아내야만 했다.

 "노형(老兄)들은 그쪽으로 가시오. 우리는 이쪽 길을 찾아볼 터이니."

 청성은염(青城銀髥)이 말했다.

 그는 청성파(青城派)의 전대 장로로, 대읍현은 물론 사천 일대를 자기 앞마당처럼 훤하게 꿰뚫고 있었다. 그의 지시에 따라 사방로(四坊路) 쪽으로 달려온 십여 명의 노인이 다시 두 무리로 갈라져 좌우로 흩어졌다.

 청성은염은 청해일곤(青海一鯤)과 귀곡산인(鬼谷散人), 청명수사(清名秀士)들과 함께 우측 골목길로 접어들었다. 골목 안쪽은 그야말로 밤바다에 해무(海霧)가 깔린 것처럼 음습하고 축축한 공기로 뒤덮여 있었다.

비명 소리는 이 골목 끝자락에서 들려왔다. 아니, 청성은염은 그렇게 생각하고 있었다.

"조심들 하시오."

청성은염이 경고하듯 동료 노인들에게 말했다.

"어디에 어떤 함정이, 또 누가 숨어 있는지 모르오. 단단히 주의들 하셔야 할 것 같소."

골목 안쪽으로 들어서면서 후각과 청각을 극대화했지만 아무런 냄새도 기척도 없었다. 그렇다고 안심할 수는 없었다. 어쨌든 도봉선인과 같은 노기인들의 비명이 들려왔으니까.

그들은 마치 봉사들이 길을 걸어가는 것처럼 천천히 어둠과 안개를 훑으며 골목 안쪽으로 진입했다.

귀곡산인이 문득 코를 킁킁거리며 말했다.

"피 냄새가 나는 것 같소."

그의 말에 다른 노기인들도 더욱 후각을 끌어올렸다. 마치 바닷가의 비린내와 같은 냄새가 나는 것 같기도 하고 녹슨 쇳내가 나는 듯싶기도 했다.

분명 뭔가 골목 안에 있다.

노기인들은 더욱 집중하고 긴장한 채로 전진했다.

앞이 보이지 않는 어둠과 안개 속. 누군가 자꾸만 목덜미를 잡아당기는 듯했다. 한 가닥 바람이 불어올 때마다 출렁이는 공기의 무게. 식은땀이 등골을 타고 흘렀다.

그때였다.

"쿨럭쿨럭."

골목 저 깊은 안쪽에서 희미한 기침 소리가 들려왔다. 다 죽어 가는, 늙수그레한 목소리의 기침.

청해일곤이 저도 모르게 소리쳐 물었다.

"종 형이시오?"

도봉선인이냐고 묻는 것이다. 그 물음에 골목 안쪽에서 희미한 대답이 들려왔다.

"오, 오지들 마시오."

겁에 질린 듯 혹은 삶을 포기한 듯 웅얼거리는 낮은 음성. 하지만 외려 그 오지 말라는 소리가 노기인들의 가슴에 불을 당긴 모양이었다.

"종 형!"

도봉선인과 막역한 사이였던 청해일곤이 소리치며 골목 안으로 몸을 날렸다. 그러자 귀곡산인도, 청성은염도, 청명수사도 황급히 그 뒤를 따라 몸을 날려야만 했다.

거친 파도를 가르며 질주하는 쾌속선처럼 어둠과 안개를 가르고 골목 안쪽으로 날아가는 바로 그때, 한 가닥 희미한 섬광이 우측의 또 다른 골목에서 무심하게 툭! 하고 뻗어 나왔다.

한 치의 살기도, 기척도 없이 느닷없이 튀어나온 섬광

은 미처 그곳에 또 다른 골목이 있는 줄 전혀 알지 못한 채 달려가던 청명수사의 목을 관통했다.

"큭."

청명수사는 짧은 신음과 함께 화들짝 놀라며 섬광이 튀어나온 골목 쪽으로 고개를 돌렸다.

지저갱(地底坑)처럼 끝이 보이지 않는 어둠 속 그 비좁은 골목 안쪽에서는, 옆으로 천천히 고꾸라지고 있는 청명수사를 바라보는 한 쌍의 눈빛이 있었다.

천하의 노기인 청명수사를 단 일검에 해치웠다는 자부심이나 긍지 따위는 전혀 느껴지지 않는, 그야말로 당연한 일을 했을 뿐이라는 담담함과 초연함이 담겨 있는 눈빛.

청명수사는 그 눈빛을 보자마자 상대가 누구인지 알아차릴 수 있었다.

'사선행수……'

그것은 그의 머리가 지면에 부딪치기 전 떠오른 마지막 생각이었다.

순간, 앞서 달려가던 노기인들의 신형이 우뚝 멈췄다. 등 뒤에서 들려온 얕은 신음과 청명수사가 고꾸라지면서 지면에 부딪치는 소리를 들은 까닭이었다.

청성은염과 귀곡산인은 황급히 뒤를 돌아보았다. 여전히 사위는 어둡고 안개로 가려져 있어서 한 치 앞도 보이지 않았다. 그리고 바로 뒤를 쫓아와야 할 청명수사의 모습 또한 보이지 않았다.

"당 형?"

청성은염이 청명수사를 부를 때였다.

희미한 섬광 하나가 아무 기척도, 소리도, 살기도 띠지 않은 채 청성은염의 목을 노리고 날아들었다.

청성은염은 그 섬광이 바로 코앞까지 이르러서야 비로소 발견하고는 혼비백산하며 황급히 허리를 뒤로 꺾었다. 희미한 섬광이 그의 코끝을 스치며 사라지는 순간!

"그래, 바로 그런 식이다."

묵직한 저음과 함께 서슬 퍼런 기세가 청성은염의 머리 위에서 폭포처럼 쏟아져 내리는가 싶더니 순식간에 그의 목을 절단했다.

믿을 수 없는 일이었다.

청성파의 전대 장로였던 청성은염은 허리를 한껏 뒤로 젖힌 채로, 그가 자랑하던 검 한 번 제대로 휘두르지 못한 채 목이 잘려 바닥에 나뒹굴었다.

"은 형!"

놀란 귀곡산인이 소리치며 황급히 쌍수를 휘둘러, 막 청성은염의 목을 벤 거무튀튀한 신형을 공격했다. 하지만 이미 검은 물체는 그 자리에 없었다.

마치 신기루처럼 귀곡산인의 시야에서 사라진 그 검은 물체는 순간 이동이라도 한 듯 귀곡산인의 등 뒤에서 모습을 드러냈다.

"어, 어디로 숨었느냐, 이 미꾸라지가 같은 개자식!"

귀곡산인이 당황하여 소리쳤다.

너무나도 짙어서 제 코앞조차 확인할 수 없는 안개 때문이었다. 창졸간에 청성은염의 목이 베인 까닭이었다.

귀곡산인이 검은 물체의 움직임을 눈치채지 못하고 허둥거리고 있을 때였다. 또 다른 기척 하나가 안개와 어둠을 이용하여 지면에 등을 댄 채 미끄러지듯, 아무런 소리도 기척도 없이 귀곡산인 근처로 이동했다.

마침 귀곡산인은 청성은염의 목을 벤 자를 찾느라 주위를 두리번거리고 있었다. 당연히 그는 아무런 기척도 없이 제 발밑으로 스며들 듯 이동한 또 다른 기척은 전혀 눈치채지 못했다.

그렇게 귀곡산인의 허점을 파고든 기척은 천천히, 그리고 무심하게 한 치의 살기도 내비치지 않은 채 검을 들어 귀곡산인의 가랑이 사이를 찔렀다.

뒤늦게 새하얀 검기(劍氣)가 희미한 섬광으로 번뜩였다.

'헉?'

귀곡산인의 눈이 왕방울처럼 튀어나왔다. 격렬한 고통이 정확하게 제 회음부(會陰部)를 꿰뚫고 내장 깊숙하게 파고든 탓이었다.

귀곡산인은 저도 모르게 고개를 숙였다.

바로 제 발밑임에도 불구하고 짙게 깔린 안개로 인해 제대로 확인할 수 없는 그 자리에는 또 다른 검은 물체가 길게 누워 있는 것처럼 느껴졌다.

"치사하게…… 암습을……."

귀곡산인은 중얼거리면서 발을 들어 그 검을 물체를 짓밟으려 했다. 하지만 발을 드는 순간 구멍 난 회음부를 통해 고약한 악취와 함께 그의 내장이 우르르 밀려 나왔고, 그 상태로 귀곡산인은 앞으로 고꾸라졌다.

평생 점술(占術)로 천기(天機)를 헤아리던 귀곡산인이었지만, 자신의 죽음이 이토록 더럽게 끝날 줄은 전혀 상상조차 하지 못했을 것이다.

"잘 배웠느냐?"

귀곡산인의 등 뒤로 돌아갔던, 언제든지 그의 명문혈을 파괴할 수 있었던 검은 물체가 물었다. 지면에 누워 있다가 귀곡산인이 내장을 쏟아 내는 순간 빠르게 자리에서 벗어난 검은 물체가 조심스레 대답했다.

"네. 이제야 조금 알 것 같습니다, 아버님."

3. 살기(殺氣)

담우천은 검을 거둬들이며 무뚝뚝한 음성으로 나직하

게 말했다.

"가장 중요한 건 살기를 없애는 것이다. 사실 소리나 기척은 크게 상관없다. 그 어떤 고수라 할지라도 일상적으로 들려오는 소음에는 크게 신경 쓰지 않으니까. 하지만 살기는 다르다."

담우천의 옆에는 핏물 뚝뚝 떨어지는 검을 쥔 담호가 공손하게 서 있었다. 그들의 발아래로 청성은염과 귀곡산인의 시신이 아무렇게나 놓여 있었다.

"그 어떤 살기나, 아무리 희미한 살기라 할지라도 고수들은 본능적으로 인지하고 반사적으로 반응한다. 만약 조금 전 저 좁은 골목에서 내가 조금이라도 살기를 흘렸더라면 청명수사가 그렇게 간단히 목숨을 잃진 않았을 것이다."

지금 담우천은 아들 담호에게 암살(暗殺)에 관해 가르치는 중이었다.

실전을 통해서 실제 예를 보여 주고, 동시에 직접 경험을 쌓을 수 있기에는 지금처럼 좋은 기회가 없었다.

어쨌든 지금 이곳에는 수십 명의 절정 고수가 배회하는 중이었고, 어둠과 안개를 이용하여 얼마든지 그들 곁에 다가설 수 있었으니까.

그렇게 어둠과 안개를 이용해서 근접 거리까지 다가가게 되는 것 역시 암살의 기본이자 기초라 할 수 있었다.

담호는 지금 담우천의 움직임을 따라 하면서 그에게 확실한 가르침을 받는 중이었다.

"완벽하게 살기를 없애는 건 생각보다 훨씬 힘든 일이다. 지금 네가 그렇다. 내가 그의 이목을 훼방하지 않았더라면 조금 전 너는 귀곡산인의 발아래로 이동조차 하지 못했을 게다. 왠지 아느냐?"

부친의 물음에 담호는 고개를 숙이며 대답했다.

"네. 미약하나마 살기를 흘렸기 때문입니다."

"그래. 알고는 있구나."

담우천은 저도 모르게 아들의 머리를 쓰다듬고 싶어진 기분을 애써 억누르며 더더욱 무뚝뚝한 음성으로 말했다.

"집중하는 게 외려 방해가 될 때가 있다. 살기를 지우겠다는 마음이 강할수록 살기를 흘리게 된다. 전혀 생각하지 않아야 한다. 그것에 집중하는 게 아니라 그것을 내려놓아야 한다. 완벽하게 살기를 지워 낼 수만 있다면 저 잣거리 푸줏간 주인이 소림사 장문인을 암살할 수도 있는 법이다."

전설 같은 이야기들이 있기는 했다.

문지방에 걸려 놓친 칼이 허공을 날아가 잠자던 절대고수의 목을 꿰뚫었다는 일화(逸話)나 내공이 없는 뒷골목 불량배들의 생각지도 않은 일격에 내공의 고수가 목숨을 잃었다는 식의 이야기는 얼마든지 있었다.

"사람은 누구나 본능적으로 살기를 감지할 수 있다. 원래 그렇게 태어났다. 사람뿐만 아니라 모든 동물이 다 그렇게 말이다. 그래야 살아남을 수 있으니까."

담우천의 말이 이어지고 있었다.

"밤거리를 걷다가 갑자기 목덜미가 송연해지거나 뭔가 짜릿한 느낌이 드는 건, 자신도 모르게 그 살기를 감지했기 때문이다."

담우천은 그렇게 말하는 와중에 문득 골목 안쪽으로 시선을 돌렸다.

도봉선인의 기척을 쫓아서 그 깊숙한 곳까지 달려갔던 청해일곤이 앞으로 고꾸라지는 기척이 들려왔던 까닭이었다. 물론 아무리 담우천이라 할지라도 이 불투명한 안개 속에서는 그 광경을 직접 볼 수는 없었다.

"고수일수록 그 살기를 감지하는 능력이 뛰어나고 세밀해진다. 백팔원로 중에도 급이 있다. 상위권의 원로들에게는 이런 안개나 어둠도 아무런 소용이 없을지 모른다. 그때는 확실히 완벽하게 살기를 지우는 것만이 그들을 암살할 수 있는 유일한 방법이 될 게다."

"명심하겠습니다."

담호는 고개를 숙이며 말했다.

"알았으면 됐다. 이 골목은 다 정리가 된 것 같으니 이제 다른 곳으로 이동하자꾸나."

그렇게 말하던 담우천은 문득 '으음?' 하는 눈빛으로 저 골목 깊숙한 곳을 돌아보았다.

그곳에는 만해거사가 있었다.

원래 만해거사는 죽어 가는 도봉선인의 목소리를 흉내 내어 백팔원로들을 유인하는 역할을 맡았다. 그리고 만해거사에게 시선이 팔린 틈을 타서 강만리와 진재건이 암살하는 식으로 원로들을 상대하고자 했고, 또 그렇게 청해일곤을 해치울 수 있었다.

그런데 아무래도 뭔가 문제가 생긴 모양이었다. 누군가 눈물을 뚝뚝 흘리는 것만 같았다. 보이지는 않지만 담우천은 짐작할 수 있었다.

'역시…… 그렇겠지.'

담우천은 잠시 골목 안쪽을 바라보다가 등을 돌렸다. 그리고 여전히 무뚝뚝한 목소리로 아들 담호에게 말했다.

"자, 그럼 우리 먼저 다른 곳으로 이동하자꾸나."

"네, 아버님."

담호는 영문도 모른 채 고개를 끄덕이며 그 뒤를 따랐다. 그들의 등 뒤로 이미 칠순에 달한 노인이 겨우 눈물을 삼키며 주책맞게 콧물을 훌쩍이는 소리가 희미하게, 너무나도 희미해서 담호는 눈치채지 못할 정도로 희미하게 들려오고 있었다.

* * *

아쉽게도 황백들과 십이백야에게는 담우천처럼 살기를 완벽하게 지우는 능력이 없었다.

어둠과 안개, 각종 지형물 속에 숨어 있다가 동료들을 찾아 나선 노기인들의 등을 노리고 덤벼들었지만, 노기인들은 그들이 내뿜는 살기에 반사적으로 움직이며 반응을 보였다.

그렇게 첫 번째 일격에 완벽하게 노기인들을 제압하지 못하게 되자 결국 요란한 칼부림으로 이어질 수밖에 없었다.

챙! 챙!

칼과 검이 부딪치며 그들이 휘두른 장력과 지풍에 건물이 박살 나고 무너지는 굉음이 요란하게 울려 퍼졌다.

풍양객잔 대청에서 대기하고 있던 노기인들이 그 소리를 듣자마자 자리를 박차고 몸을 날렸다. 객잔 문 앞이 붐비자 몇몇 노인들은 창을 부수며 밖으로 뛰쳐나갔다.

하지만 무림십왕은 여전히 움직이지 않았다. 아직도 그들은 움직일 때가 아니라고 판단하고 있는 모양이었다.

그리고 그 판단은 정확했다.

병장기 부딪치는 소리와 폭발음을 듣고 달려 나간 노기인들이 막상 각각의 현장에 당도했을 때, 이미 상황은 모두 종료된 후였다.

어둠과 안개, 거기에다가 흙먼지까지 사방을 뒤덮은 가운데 현장에는 황백들과 싸우던 노기인들만이 남아서 주위를 노려보고 있었다.

"어찌 되었소?"

단숨에 달려온 동료 노기인들이 다급하게 물었다. 검을 쥔 채 눈을 부릅뜨고 사방을 둘러보던 노인 중 한 명이 그제야 한숨을 내쉬며 입을 열었다.

"모두 도망쳤소."

"도망을?"

"그렇소. 한꺼번에 수십 명이 나타나서 우리를 에워싸고 공격을 퍼붓더니 불과 십 합을 채 겨루기 전에 우르르 도망치더구려. 최소한 오륙십 명은 족히 넘어 보였소."

"오륙십 명이라……."

서둘러 달려온 노인들은 그제야 상황을 파악하기 시작했다. 흙먼지가 가라앉았다. 정체불명의 기습자들과 싸웠던 십여 명의 노기인들 중 목숨을 잃은 자가 있다는 사실도 그제야 알게 되었다.

소림사가 아닌 일반 사찰에서 배출한 절정 고수 서천대사(西天大師)가 바로 그였다.

"아니, 언제……."

서천대사와 등을 맞대고 적과 싸웠던 소요백운(逍遙白雲)이 파르르 떨리는 목소리로 중얼거렸다.

서천대사가 목숨을 잃은 걸 본 이는 아무도 없었다. 워낙 순간적으로 일어난 기습이었고, 다들 그 기습에 대항하느라 정신이 없었으니까.

　소요백운이 빠르게 냉정을 회복하며 말했다.

　"대부분 놈들의 무위는 우리보다 낮소. 하지만 그중 몇몇은 거의 우리와 비슷하거나 혹은 우리보다 반 수가량 뛰어난 것 같더구려. 그런 자들이 이곳에 오륙십 명 정도 몰려왔소. 그리고 저쪽 골목 안쪽에서도 비명이 들려온 것 같았으니 이만한 인원이 더 있지 않을까 싶소이다."

　소요백운은 강만리 일행이 벌인 행각을 착각하여 그렇게 추측했다. 하지만 그게 착각이라고 지적할 수 있는 자는 아무도 없었다.

　"골목 쪽으로는 누가 있소?"

　"청해일곤과 청성은염, 그리고 귀곡산인과 청명수사가 함께 있었소."

　소요백운의 대답이 끝나자마자 몇몇 노기인들이 빠르게 골목길을 향해 몸을 날렸다. 그리고 얼마 지나지 않아 비명과도 같은 고함이 그 방향에서 들려왔다.

　"모두 돌아가셨소!"

　그 절규와 같은 목소리는 대읍현 일대 밤하늘 높이 쩌렁쩌렁 울려 퍼졌다. 고함을 들은 노기인들의 얼굴은 순식간에 분노와 증오로 가득 담겼다.

"네 이놈들!"

누군가 밤하늘을 향해 부르짖었다.

"반드시 죽이고 말 것이다!"

그의 절규는 어둠과 안개를 뚫고 밤하늘 저 멀리까지 퍼져 나갔다.

4. 맞부딪치는 계획

"첫수가 중요합니다."

강만리는 십이백야와 오십이 황백을 둘러보며 그렇게 말했다.

"첫수에 실패한다면 그대로 도주하십쇼. 괜히 부딪쳐서 수십 합, 수백 합 싸울 필요가 없습니다. 그렇게 싸우다가는 자칫 저들의 포위망에 옴짝달싹도 하지 못하게 될 수 있으니까요."

강만리의 말에 십이백야와 황백들은 진지하게 귀를 기울였다.

그들은 강만리가 과거 포두였다고 해서, 자신들보다 나이가 어리다고 해서 무시하거나 업신여기지 않았다. 외려 그들은 누구보다도 강만리를 존중하고, 존경했다.

강만리의 성장을 곁에서 지켜보던 그들이었다.

서른 살 초중반까지 제대로 된 무공이라고는 아문(衙門)의 무공이 전부였던 그가 불과 십 년도 채 되지 않아서 천하를 뒤흔드는 절정 고수가 되는 과정을 하나도 빠짐없이 지켜본 그들이었다.

그게 얼마나 말이 안 되는 일인지, 얼마나 초인적인 노력과 인내와 끈기가 필요한 일인지 누구보다 잘 알고 있는 이들이기도 했다.

그런 강만리의 말이었다.

사람들은 복잡하게 고민할 것 없이 그저 강만리의 말만 따르면 된다고 생각했다. 그러면 상황은 알아서 강만리의 계획대로 굴러갈 것으로 생각했다.

그만큼 십이백야와 황백들의 강만리에 대한 신뢰는 깊었다. 어쩌면 강만리가 황계의 차기 총계주가 된다고 하더라도 스스럼없이 받아들일 그들이었다. 물론 애당초 강만리에게 그럴 생각이 전혀 없겠지만.

강만리는 계속해서 말했다.

"어디까지나 우리의 계획은 치고 빠지기입니다. 저들과의 전면전은 당연히 불리합니다. 인원수로도, 실력으로도 말입니다."

무림인에게는 자존심에 금이 가고 뼈에 상처가 되는 말일 수도 있었지만 강만리는 거침없이 말했으며, 사람들 또한 침착하게 듣고 있었다.

"다들 아시겠지만 이런 농무(濃霧)가 한 번 펼쳐지면 최소한 열흘에서 보름은 가지 않습니까? 바로 그게 우리가 노리는 부분이자, 저들을 무너뜨릴 수 있는 유일한 방법이기도 합니다."

농무는 곧 짙은 안개를 뜻했다. 또 짙은 안개 중에서도 유난히 짙고 범위가 넓게 깔린 안개를 의미했다.

원래 사천이라는 곳이 유난히 안개가 많은 지역이지만, 그렇다고 해도 이렇게나 지독한 농무는 이삼 년에 한 번 있을까 말까 했다.

하루 온종일 시간을 가리지 않고 한껏 내려앉은 짙은 안개. 그런 농무가 지금 대읍현을 뒤덮고 있는 것이었다. 그 농무가 사라지기 전까지 강만리는 저들 백팔원로와 무림십왕을 해치울 수 있다고 장담했다.

"모두가 내 계획대로 움직여 주신다면 약속하겠습니다. 농무가 걷히기 전에, 무림십왕의 시신과 백팔원로의 몰살을 여러분께 선물로 드릴 것을요."

강만리의 말이 끝났다.

누구 하나 환호하거나 손뼉을 치는 자는 없었다. 하지만 분위기는 사기로 충만했고 활력이 넘쳐흘렀다. 강만리의 단언(斷言)은 곧 예언과도 같다는 사실을, 이 자리에 있는 모든 이가 잘 알고 있는 까닭이었다.

십이백야와 오십이 황백은 함께 움직였다. 괜히 그들을

분산할 이유가 없다는 게 강만리의 판단이었다.

차라리 함께 움직이면서 약 스무 명 정도씩 기습조(奇襲組), 철수조(撤收組), 경계조(警戒組) 등으로 나눠서 백팔원로를 빠르게 기습하고 민첩하게 물러설 수 있도록 하는 것이 훨씬 낫다는 게 강만리의 주장이었다.

백야와 황백은 수십 년 세월을 함께 지내면서 무공을 닦고 수련해 온 사이였다. 눈을 감고도 동료의 투로(套路)와 검로(劍路)가 어떻게 움직이는지 어느 방향으로 흘러가는지 잘 알고 있었다.

평생을 홀로 대륙을 떠돌다가 혹은 각 문파에서 느긋하게 세월을 보내다가 이렇게 느닷없이 하나로 뭉쳐서 싸우게 된 원로들과는 그 들고 나감의 질(質)이 달랐다. 합격술(合擊術)의 차원이 달랐다.

그래서였다.

비록 기습의 첫수가 실패하기는 했지만 십이백야와 황백들이 순간적인 사각과 빈틈을 노리고 파고들어서 빠르게 서천대사를 해치운 후 그보다 더 빠르게 퇴각할 수 있었던 까닭은.

* * *

순식간에 서천대사라는 동료를 잃은 노기인들은 자신

들을 기습했던 자들을 찾기 위해 광분했다.

또한 골목 깊은 곳에서 청성은염을 비롯한 노기인들의 처참한 시신을 발견한 노기인들은 분노와 증오로 일그러진 채 흉수를 찾기 위해 동분서주했다.

그러나 어둠은 깊었고, 안개는 더더욱 짙게 깔렸다. 대읍현 사방으로 흩어져서 모든 골목과 후미진 사창가까지 샅샅이 수색했지만 적의 흔적은 아무것도 발견할 수가 없었다.

마치 말 그대로 어둠 속에 몸을 숨기고 안개 속에서 사라진 것처럼 그들의 행적은 알 수가 없었다.

새벽 무렵, 풍양객잔 대청을 빠져나갔던 노기인들이 하나둘씩 귀환하기 시작했다. 두 시진 가까이 노력했지만 건진 게 하나도 없으니 돌아오는 걸음은 터벅거렸고 어깨는 축 늘어져 있을 수밖에 없었다.

그때까지 객잔에 남아 있던 비선의 부주는 물끄러미 노영웅들의 귀환을 지켜보았다.

그래서 기다리라고 했던 것이었다.

사천은 황계의 땅. 가뜩이나 농무가 짙게 깔린 상황에서 저들의 뒤를 쫓는 건 절대 불가능한 일이었다. 백팔원로가 아니라 백팔원로의 할아버지가 오더라도 안 되는 일은 안 되는 일이었다.

그래서 천소유는 경계망을 최대한 축소한 채 놈들의 기

습을 막는 쪽으로 가닥을 잡은 것이었다. 최소한 농무가 걷힐 때까지는 그게 최선이라고 생각했다.

그러는 한편 태극천맹과 오대가문의 모든 전력을 동원해서 앞뒤로 놈들을 협공할 수 있다면 그야말로 금상첨화였다.

하지만 그건 거의 불가능한 일임을 누구보다도 천소유가 잘 알고 있었다.

'오대가문은 더 이상 함부로 움직이지 않을 거야.'

화평장으로 보낸 최고 정예들이 몰살당한 이상, 그들이 다시 움직이려면 적잖은 시간이 필요할 거라고 천소유는 예측했다.

'반대파들의 반발이 생각보다 클 테니까. 그걸 무시했다가는 가주의 자리가 위태로울 수도 있으니까.'

가주가 가문에서 절대적인 권위를 지니고 권능을 보인다고 해서 그가 가문의 모든 이에게 절대적인 추앙을 받는 건 아니었다.

사람은 언제나 배신한다. 사람은 언제나 높은 자리를 추구한다. 사람에게는 욕망과 야망이 있고, 그걸 위해서는 설령 가주라 한들 배신할 의지가 얼마든지 있었다. 그게 사람이라는 존재였다.

'그런 불확실한 것들을 모두 제거한 후에야, 그리고 비로소 자신의 자리가 완벽하게 안전하다는 사실을 확인한

후에야 오대가문의 가주들이 움직일 터.'

아무리 적게 잡아도 두어 달 이상은 꼼짝하지 못할 게 분명했다. 그러니 저 무림오적과 황계는 오롯하게 백팔원로와 무림십왕만의 힘으로 해치워야 했다.

물론 천소유에게는 확신이 있었다. 청성 지부와 백팔원로, 그리고 무림십왕이 자신의 계획대로만 움직여 준다면 반드시 놈들을 몰살시킬 수 있다는 확신이.

그러나 청성 지부는 천소유의 지시보다 늦게 움직였고, 그 바람에 십이백야와 황백, 강만리 일행이 손쉽게 대읍현 중심부까지 이동할 수 있게 되었다.

또한 그녀로부터 새로운 지시가 있을 때까지 풍양객잔에서 대기하고 있어야 할 백팔원로는 천소유의 지시를 외면한 채 제멋대로 움직이다가 적잖은 수의 인원이 목숨을 잃고 말았다.

"여덟 명?"

천소유가 깜짝 놀라며 심복들을 쳐다보았다. 심복들은 안색이 굳은 채 계속해서 보고했다.

"네. 처음 객잔을 빠져나갔던 도봉선인과 백의노사, 천절검객 모두 시신으로 발견되었습니다. 또 그들의 비명을 듣고 쫓아 나갔던 원로 중 서천대사와 청성은염, 청해일곤, 청명수사, 귀곡산인이 모두 시체가 되었습니다."

천소유는 재차 보고를 확인하면서 믿을 수 없다는 표정

을 지었다.

 더더욱 놀라운 일은 그렇게 백팔원로 중 여덟 명이 목숨을 잃는 과정에서 적은 단 한 구의 시신도 없었다는 사실이었다.

 그만큼 적이 강한 것일까.

 아니었다. 실력으로만 치자면 우리 쪽이 훨씬 강했다. 단지 그녀의 지시를 따르지 않은 원로들이 적의 계략에 놀아났기 때문이었다.

 천소유는 이를 갈며 말했다.

 "무림십왕을 만나야겠어요. 그리고 회주(會主)와 부회주(副會主)들도 함께 만나야겠어요. 자리를 잡아 주세요."

 심복이 고개를 숙였다.

 "곧 자리를 만들겠습니다."

2장.
안개에 갇힌 사람들

하지만 우선 원로회의 경우에는 외천의 지부나 비선보다
확실히 그 품계와 직급이 높다 할 수 있었다.
굳이 따지고 보자면 수십 개의 지부를 통괄하고 관할하는 외천 성주,
혹은 외천주 사이의 직위라 할 수 있었다.
반면 비선은 원로회의 일개 하부 조직에 불과했다.
따지자면 외천의 지부와 다를 바가 없었다.

안개에 갇힌 사람들

1. 만해거사

강만리의 전략은 단순하면서도 잔인했다.

사천 일대를 새하얗게 뒤덮은 안개를 이용하여 아군의 몸은 숨기고 적의 위치를 드러내게 만드는 게 그 첫 번째 방법이었고, 만해거사를 이용하여 한때 백도정파의 동료들이었던 노기인들을 암살하는 게 그 두 번째 방법이었다.

물론 만해거사는 거시적인 안목으로 어쩔 수 없이 자신이 미끼가 되는 걸 허락하기는 했다.

하지만 그는 오래간만의 해후에 반가워하다가 기뻐하다가, 느닷없는 암수(暗手)에 속절없이 목숨을 잃는 옛 동료들에 대한 죄책감을 도저히 떨쳐 낼 수가 없었다.

"미안하네. 더는 안 되겠네."

첫날 대여섯 명의 백팔원로를 암살한 직후 만해거사는 하소연하듯 강만리에게 말했다.

"차라리 정면에서 마주 보고 싸우라고 하면 얼마든지 싸울 수 있겠네. 그러나 이건 정말 아니네. 정말이지 견딜 수가 없네. 이건 차마…… 인두겁을 쓰고서 할 수 있는 일이 아니네. 미안하네."

강만리는 입술을 깨물었다가 이내 부드럽게 웃으며 고개를 숙였다.

"아닙니다. 과한, 너무 모진 부탁을 한 제 잘못이 큽니다. 만해 사부께서 여기까지 해 주신 것만으로도 정말 감사할 일입니다."

"또 미안허이."

"아뇨. 제가 더 죄송합니다."

"그게 아닐세."

"네?"

"부탁하는 김에 한 가지 더 부탁하려는 게야. 그게 또 미안하다는 거고."

만해거사의 말에 강만리의 눈이 휘둥그레졌다.

"부탁이시라면?"

만해거사는 진지한 얼굴로 말했다.

"나는 이제 예서 더는 할 일이 없다고 생각하네."
"아니, 그게 무슨 말씀……."
"잠자코 내 말을 들어 보게."
"아, 네. 죄송합니다."
"백팔원로를 유인하지 않겠다고 한 이상 내 쓸모는 사라지게 된 게지."
"아니, 그렇게까지……."
"허어. 내 말 계속 들어 보라니까."

만해거사는 짐짓 서늘한 표정을 지으며 강만리의 입을 다물게 한 다음 계속해서 진지하게 말을 이어 나갔다.

"어쨌든 지금의 나는 이곳에서 계속 저들과 싸우는 것보다는, 차라리 예까지 온 이상 포달랍궁(布達拉宮)을 찾아가 그곳 상황을 살펴보고 또 내가 해결할 수 있는 게 있다면 그것도 알아보는 게 낫지 않을까 싶네. 그래서 하는 말일세. 내가 그곳으로 가는 걸 막지 말아 주게."

만해거사는 진심이 담긴 눈빛으로 강만리를 바라보며 말을 맺었다. 강만리는 그 좁쌀만 한 눈을 동그랗게 뜬 채 만해거사를 바라보았다.

'흐음, 포달랍궁이라…….'

포달랍궁은 새외팔천의 한 세력인 서장(西藏)을 대표하는 종파 사원으로, 또한 곧 서장 전체를 지배하는 문파이기도 하였다.

강만리는 안 그래도 이번 사천의 일을 마무리 짓는다면 사천에서 그리 멀지 않은 서장으로 곧장 달려가 볼 작정이었다.

  그리하여 여진족을 무마시켰던 것처럼 서장까지 무력화하면서 새외팔천의 연합 공세를 사전에 방비하고자 할 셈이었다.

  '하지만 그것보다는 만해 사부가 먼저 그곳으로 들어가서 상황을 살피는 게 나을지도. 어쨌든 만해 사부는 그곳과 인연이 있고, 또 아직까지 인맥이 살아 있으니까.'

  강만리는 문득 몇 년 전 악양부에서 도주할 때 우연히 마주쳤던 서장의 승려들을 떠올렸다.

  당시 만해 사부는 그들과 안면이 있었고, 심지어 그들로부터 매우 정중한 예우를 받기도 했다. 그러니 홀로 서장에 간다고 해서 만해거사가 위험에 빠질 일은 적다고 강만리는 생각했다.

  게다가 만에 하나, 만해거사가 홀로 서장의 일을 해결할 수만 있다면 그보다 더 좋은 일이 또 어디 있겠는가.

  사실 가뜩이나 인력이 부족한 상황에서 만해거사가 빠지는 건 크나큰 전력 손실이기는 했다. 하지만 지금 만해거사의 상태로 보건대 예서 더 있어 봤자 더는 큰 도움이 될 것 같지는 않았다.

  '아무래도 백팔원로와의 일로 마음에 적잖은 상처를 입

으신 것 같으니…… 차라리 홀로 여행하면서 심신을 위로하는 것도 나쁘지 않을 것 같기도 하고.'

그렇게 생각하던 강만리는 문득 만해거사의 과거를 떠올리고는 저도 모르게 쓴웃음을 흘렸다. 진지한 표정으로 쳐다보고 있던 만해거사가 고개를 갸웃거리며 물었다.

"아니, 왜 그리 웃는 건데? 내 말이 우스운 겐가?"

"아뇨. 아닙니다. 단지 문득 옛 생각이 떠올라서요."

강만리는 황급히 손사래를 치며 말했다.

"만해 사부께서 과거 서장에 가셨던 이유가 정사대전을 겪으면서 지친 몸과 마음을 달래기 위해서라고 하셨던 말씀이 떠올라서요."

"그런데? 그것과 지금 웃는 이유가……."

"백팔원로와의 일로 인해 심신이 지치신 만해 사부가 또다시 서장을 가신다는 게…… 마치 서장이야말로 지친 몸과 마음을 치유하고 다스리는 데 더할 나위 없이 좋은 곳이 아닐까 하는 생각이 언뜻 들어서였습니다."

"흐음."

잠시 생각하던 만해거사가 고개를 끄덕이며 말했다.

"맞네. 확실히 몸과 마음을 다스리고 치유하고 정양하고 원기를 회복하기에 최고의 휴양지라고 할 수 있지. 하늘에 닿아 있는 산들과 청량하기 그지없는 공기, 그리고 대륙의 그 누런 물과는 달리 한없이 투명하고 맑은 물…… 포달랍궁 양지바른 곳에 좌정한 채 지그시 눈을 감고 그 모든 걸 느끼다 보면 세속에 찌들고 지쳤던 몸과 마음이 깨끗하게 녹아내리는 것 같다네. 그래, 자네 말대로 최고의 휴양지라고 할 수 있다네, 그곳은."

그렇게 말하는 만해거사의 얼굴에는 지금 당장이라도 그곳으로 떠나고 싶다는 표정이 절로 떠올랐다. 당시 느꼈던 모든 좋았던 기억과 추억과 감정이 도저히 감춰지지 않는 표정이었다.

심지어 강만리마저 문득 자신도 한번 가 보고 싶다는 생각이 절로 떠오르게 만드는 표정이었다.

"좋습니다."

강만리는 고개를 끄덕였다.

"만해 사부의 진전을 어느 정도 이어받은 담호도 있고, 또 황계의 약당도 있으니까…… 만해 사부께서 한숨 돌리고 오실 상황은 되는 것 같습니다. 하지만 최대한 빨리 돌아오셔야 합니다."

만해거사는 기쁜 기색을 억누르며 신중하게 손가락을 꼽았다.

"가고 오는 데 한 달, 게서 지내며 상황을 살피고 뭐 이것저것 손쓰는 데 두 달, 대충 석 달이면 되겠군그래."

"아뇨."

강만리는 고개를 저으며 말했다.

"두 달, 늦어도 두 달 안에는 돌아오셔야 합니다. 우리에게 있어서 만해 사부가 얼마나 큰 전력인지 절대 잊으시면 안 됩니다."

만해거사는 이맛살을 모은 채 강만리를 노려보았다. 강만리의 그 무뚝뚝한 표정은 변하지 않았다. 결국 만해거사는 한숨을 쉬며 고개를 주억거렸다.

"노력해 보겠네."

강만리는 그제야 싱긋 웃었다.

"그럼 잘 다녀오십시오. 좋은 소식 한 보따리 들고 돌아오시기를 기다리겠습니다."

그리하여 대읍현 일대에 지독한 안개가 낀 지 사흘째 되던 날, 만해거사는 화평장 사람들의 배웅을 받으며 서장 포달랍궁을 향한 새로운 여정을 시작하게 되었다.

언제나 이별은 가슴 먹먹해지는 슬픈 일이지만, 화평장 사람들은 마냥 감상에 젖어 있을 수 없었다.

백팔원로를 비롯한 무림 명숙들의 수는 아직도 백 명이 넘었으며, 무림십왕 또한 여전히 건재했다. 안개가 걷히기 전에 최대한 많이 그들의 수를 줄여야만 했다.

그래야만 곧 닥치게 될 전면전에서 그나마 조금 더 유리한 입지를 확보할 수 있게 되니까.

2. 청성 지부주

비선의 선주 천소유의 지시에 따라 무림십왕과 백팔원로회의 회주, 그리고 두 명의 부회주가 자리를 함께했다. 그 자리에는 태극천맹의 청성 지부주와 역시 두 명의 부주가 함께 참석했다.

천소유는 강만리 일행이 유격전에서 있어서 최고의 실력을 지녔다고 설명했다.

과거 그녀가 조사했던 무적가 고수 오백 명이 담우천과 장예추, 단 두 명에 의해 몰살당했던 사건이나 철목가의 가주와 그 수천 신하들이 어떻게 죽임을 당하고 지리멸렬한 상태로 퇴각하게 되었는지 설명했다.

처음에는 콧방귀를 뀌며 듣던 청성 지부 사람들의 표정이 그녀의 이야기가 이어지는 동안 천천히 달라졌다. 원로들도 표정이 심각해졌다. 오로지 무림십왕만이 처음과 같은 표정을 내내 유지하고 있었다.

"그러니까 저들의 교란에 휘말리지 않으려면 그들의 도발에 함부로 반응하지 않는 게 첫 번째입니다. 그리고 최대한 진영을 최소화하고 압축시켜서 저들이 들어와 균열을 일으키고 날뛸 공간이 없도록 만드는 게 두 번째입니다. 마지막 세 번째는, 그렇게 힘을 비축한 채로 때를 기다렸다가 그때가 온 순간 단숨에, 폭발하듯 한꺼번에

표출하여 저들을 섬멸하는 겁니다."

천소유는 자리에 모인 사람들의 얼굴을 일일이 둘러보며 말을 이었다.

"그래서 말씀드립니다. 그 세 가지 작전을 모두 빠르고 수월하게 진행할 수 있도록 명령 체계를 일원화하는 데 있어서 반드시 여러분들의 협조가 필요합니다."

"그러니까 모든 지휘 권한을 선주께 넘겨 달라, 이 말씀이십니까?"

청성 지부주의 질문에 천소유는 단호하게 고개를 끄덕였다.

"그렇습니다. 지금까지는 서로 협조를 통해 상황이 전개되었습니다만, 지금부터는 제가 모든 지휘와 명령의 권한을 갖겠습니다."

'누구 마음대로!'라고 청성 지부주가 소리치려 할 때였다.

"그렇게 합시다."

무림십왕 측에서 먼저 동의의 말이 흘러나왔다. 그러자 원로회의 회주와 부회주 모두 고개를 끄덕이며 동의했다.

사람들은 황급히 입을 다물었던 청성 지부주에게로 고개를 돌렸다. 이제 남은 건 그 혼자였다.

청성 지부주는 내심 당황했다.

'아니, 이렇게 간단하게 지휘권을 넘기겠다고? 저런 애

송이 계집에게?'

당혹스러운 내심은 그의 표정에 그대로 실려서 방 안에 있는 이들 중 그의 생각을 읽지 못하는 자가 없었다.

사실 태극천맹의 경우에는 내천(內天)과 외천(外天)의 품계과 직위가 서로 달라서 정확하게 어느 직급이 높고 낮은지 쉽게 가를 수는 없었다.

하지만 우선 원로회의 경우에는 외천의 지부나 비선보다 확실히 그 품계와 직급이 높다 할 수 있었다. 굳이 따지고 보자면 수십 개의 지부를 통괄하고 관할하는 외천 성주, 혹은 외천주 사이의 직위라 할 수 있었다.

반면 비선은 원로회의 일개 하부 조직에 불과했다. 따지자면 외천의 지부와 다를 바가 없었다.

즉, 지금 청성 지부주와 비선의 선주는 거의 그 격이 비슷하다고 할 수 있었다. 그러니 청성 지부주가 천소유에게 지휘권을 넘기는 게 탐탁지 않을 수밖에 없었다.

그런데 외려 비선의 상급 기관인 원로회가 천소유의 그 말도 안 되는 제안에 순순히 동의한 것이었다. 거기에 독불장군으로 유명한 무림십왕도 그녀의 지시를 따르겠다고 말하는 것이었다.

청성 지부주의 얼굴이 순간적으로 크게 동요한 건 너무나도 당연한 일이었다.

'끼리끼리 뭔가 공작을 해 둔 게 분명하다. 내가 이곳에

오기 전에 말이지.'

청성 지부주는 천소유의 그 아름다운 얼굴과 매혹적인 몸매를 훑어보며 내심 중얼거렸다.

'흥! 빌어먹을 계집! 그 얼굴과 몸뚱어리로 노인네들의 환심을 끈 겐가? 아니면 진짜 수발이라도 든 겐가?'

아니, 그렇다면 내게는 왜?

문득 억울하다는 생각이 청성 지부주의 뇌리를 스치고 지나갔다.

놀랍게도 그런 청성 지부주의 어이없는 상상 중 절반은 사실이었다.

청성 지부 사람들이 연락을 받고 이곳에 오기 전, 천소유는 미리 원로회의 수뇌부와 무림십왕을 만나 이야기를 끝내 둔 상황이었다.

물론 그 와중에 성(性) 접대니 하는 건 당연히 없었다. 심지어 청성 지부주 역시 그런 건 있을 리가 없다고 확신하고 있었다.

그래서였다. 청성 지부주는 자신이 떠올렸던 생각들 모두를 머릿속에서 지워 버렸다.

"크흠."

청성 지부주는 헛기침을 하곤 입을 열었다.

"원로회의 회주와 무림십왕께서 다들 그리 동의하시니 저 역시 따를 수밖에 없겠군요. 알겠습니다. 무림오적과 황계 무리를 척살할 때까지 비선의 지시에 따라 움직이 겠습니다."

"어려운 결정을 내려 주셔서 감사합니다."

천소유는 정중하게 고개를 숙였다.

사실 같은 태극천맹 사람이라고는 하지만 내천에 속해 있는 자들과 외천의 사람들 사이에는 묘한 긴장감과 대척점이 있었다.

외천의 사람들은 강호를 떠돌며 궂은일은 자신들이 다 하는데 정작 그 열매의 단맛은 내천 사람들이 다 빨아먹는다고 생각했다.

반대로 내천 사람들은 외천 사람들이 저지르고 다니는 사건 사고의 뒤처리를 자신들이 도맡아 처리하는데도 불구하고 정작 외천 사람들에게 그 어떤 고마움의 인사 한 번 받아 보지 못했다고 투덜거렸다.

그런 감정의 골이 깊어지면서 갈등이 심화되고 사사건건 다투고 싸우고 외면하고, 심지어 협력 관계까지 제대로 이뤄지지 않는 일들이 발생하기 시작했다.

비선이나 몇몇 조직의 장(長)들이 외천과 내천의 순환 근무, 교대 근무를 주장했지만, 고위직 인사들은 직무의 연속성과 전문성을 문제 삼으며 받아들이지 않았다.

─지부주들이 성과를 올리면 각 성의 수뇌진으로 승급하고, 게서 다시 성과가 좋으면 내천의 고위직이 되지 않

는가? 그것으로 충분히 족하다.

 고위직 인사들은 그렇게 말하며 거절했는데, 자칫 내천이 외천의 상급 기관이라는 오해를 살 수 있는 말이었다. 또 나중에 그 발언이 외천 사람들에게까지 널리 알려져서 문제가 된 적도 있었다.

 어쨌든 그 발언 이후 내천과 외천의 골은 더더욱 깊어졌다.

 그리하여 지금 이렇게 비선의 선주가 정중하게 예의를 갖춰 허리를 숙이는데도 불구하고 청성 지부주는 곧바로 자리에서 일어나는 식의, 내천과 외천의 관계는 그런 앙숙처럼 변질되어 있었다.

 "어쨌든 지시를 내리시면 그 명령에 따르겠소이다. 그럼 우리는 바빠서 이만."

 청성 지부주는 그렇게 말하고는 곧바로 방을 빠져나갔다. 두 명의 부주 또한 무림십왕과 원로들에게만 고개를 숙이고는 지부주를 따라 서둘러 방을 나섰다.

 "허허허."

 원로회주 태양신군(太陽神君)이 너털웃음을 흘리며 고개를 내저었다.

 "외천과 내천의 갈등이 심하다는 소문은 익히 들어 알고 있었지만 이 정도로 골이 깊을 줄은 미처 몰랐네."

 "죄송합니다."

천소유가 고개를 조아렸다.

"아닐세. 그게 어찌 선주의 잘못이겠는가? 이렇게 갈등이 깊어질 때까지 손을 놓고 마냥 지켜보기만 했던 수뇌부들의 문제인 게지."

"옳으신 말씀이오. 이번 일이 정리되고 다시 천맹으로 돌아간다면 우리부터 먼저 그 갈등의 봉합에 관해서 목소리를 높여야 할 것 같소이다."

부회주 중 한 명인 매화오존(梅花五尊) 풍청인(豊靑寅)이 고개를 끄덕이며 말을 받았다.

풍청인은 구파일방 중 화산파(華山派)의 전대 장로로, 이른바 매화구존(梅花九尊)이라 불리는 아홉 명의 장로 중 다섯 번째에 속하는 인물이었다.

명성이나 그 위상이나 위세로 보건대 당연히 원로회의 회주가 되어도 마땅한 자격을 갖춘 그였지만, 놀랍게도 그가 태양신군을 대하는 자세는 한없이 정중했고 겸손했다.

"어쨌든 그건 나중에 다시 이야기하기로 하고…… 선주는 어떤 생각이시오?"

태양신군이 다시 천소유를 돌아보며 물었다. 천소유는 잠시 생각을 정리한 후 천천히 입을 열었다.

"우선은 이 안개가 걷힐 때를 기다릴 생각이에요."

"안개라……."

태양신군은 저도 모르게 창밖으로 시선을 돌렸다. 이미 대낮이었지만 창밖의 광경은 희뿌연 안개로 뒤덮여 있어서 제대로 보이는 게 전혀 없었다.

대읍현 토박이들의 말에 따르자면 그 안개가 걷히려면 최소한 열흘, 어쩌면 보름까지 시간이 필요하다고 했다. 그럼 그동안 마냥 이렇게 버티고 있어야 하는 건가?

'글쎄.'

태양신군의 미간이 좁혀졌다.

'성질 급한 친구들이 가만히 있을 리가 없는데 말이지.'

3. 원동력

아니나 다를까.

태양신군과 매화오존들의 설명을 들은 노기인들 중 몇몇이 버럭 성질을 부리며 화를 냈다.

"아니, 우리 동료들이 그렇게 비열한 암수에 목숨을 잃었는데도 안개가 걷힐 때까지 우리에 갇혀 오돌오돌 떠는 강아지처럼 기다리고 있으란 말이오?"

성격 급하기로는 이 백여 명의 노기인들 중에서도 세 손가락 안에 꼽히는 선풍흑로가 주먹을 불끈 쥐며 소리쳤다.

매화오존 풍청인이 차분한 어조로 말했다.

"우리에 갇힌 강아지처럼 기다리라는 게 아니오. 때를 노리고 발톱을 감춘 채 수풀에 몸을 숨긴 호랑이처럼 기다리자는 것이오."

"흥! 말이 좋아 호랑이지, 이건 저들이 무서워 꼬리를 마는 강아지와 다를 바가 전혀 없잖소?"

선풍흑로의 말에 또 다른 노기인들이 흥분하여 소리쳤다.

"도대체 몇이나 죽었는지 아시오? 도봉과 천절이 죽었소! 서천대사와 청성은염, 청해일곤을 비롯해 여덟 명이 하룻밤 사이에 목숨을 잃었소! 그런데도 이렇게 모여 앉은 채 마냥 안개가 걷히기를 기다리자고 하시다니, 죽은 동료들의 원한에 찬 목소리가 들리지 않소?"

"옳소! 그들의 원한을 우리가 갚아 주지 않는다면 도대체 누가 갚겠소!"

"내 회주와 부회주들을 존경하고 신뢰하고는 있지만 이번만큼은 감히 틀렸다고 말할 수 있소!"

그렇게 강경파들이 소리치자 이번에는 또 신중파들이 맞서 소리쳤다.

"누가 형제들의 원혼을 갚지 않겠다는 것이오, 지금? 그저 현재의 천시(天時)가 불리하니 발톱을 갈면서 때를 기다리자고 하는 게 아니오?"

"나 역시 귀곡산인과는 친형제처럼 지내던 사이요! 누구보다 먼저 그의 원수를 갚겠다고 맹세했지만 그래도 지금은 아니오! 원수를 갚겠다고 저 한 치 앞도 보이지 않는 안개 속을 돌아다니는 건, 제 발로 놈들의 함정에 들어가는 격이 될 것이오!"

그렇게 노기인들은 이내 두 파로 갈린 채 격한 논쟁을 펼치기 시작했다.

태양신군과 매화오존 풍청인은 말없이 서로를 돌아보았다. 천소유의 말을 듣는 순간 바로 이러한 상황을 떠올렸던 그들의 얼굴에는 웃지도 울지도 못하는 야릇한 표정이 떠올랐다.

* * *

"주변 백여 리 일대에 펼쳐져 있던 저들의 포위망이 해체되고 풍양객잔 일대로 모여드는 중입니다."

"아무래도 풍양객잔에 집결한 채로 안개가 걷히기를 기다릴 모양입니다."

황백들의 보고에 강만리는 고개를 끄덕였다. 이미 예상하고 있었다는 얼굴이었다. 그는 잠시 생각하다가 담호를 돌아보며 물었다.

"너라면 어찌하겠느냐?"

"저, 저요?"

강만리의 느닷없는 질문에 담호는 깜짝 놀랐다. 사람들의 시선이 일제히 자신에게로 쏟아지자 담호의 머릿속은 얽힌 실타래처럼 헝클어져서 아무 생각도 떠오르지 않았다.

하지만 강만리는 잠자코 그가 입을 열기를 기다렸다. 마치 시험이라도 치르는 듯 그는 가만히 담호의 얼굴을 바라보고 있었다.

담호 곁에 앉아 있던 진재건이 낮은 목소리로 소곤거렸다.

"천천히 생각하시고 차분하게 말하시면 됩니다. 소장주께 뭐라고 할 사람은 한 명도 없으니까요."

담호는 그제야 안정을 찾았다.

천천히 생각해도, 생각하는 데 시간을 잡아먹어도 상관없다. 그렇게 생각하니 마음이 편해지고 정신이 맑아졌다.

담호는 진재건의 조언대로 신중하게 생각하고 차분하게 입을 열었다.

"마냥 안에 웅크리고 있지는 못할 겁니다. 이름 없는 무명소졸도 아니고 천하에 그 명성이 자자한 노기인들인 이상, 그 체면에 금이 가게 만들고 자존심이 무너지게 만든다면 반드시 밖으로 뛰쳐나올 게 분명합니다."

가만히 듣고 있던 강만리가 불쑥 물었다.

"그렇다면 그들의 체면에 금이 가고 자존심을 무너뜨릴 수 있는 방법은?"

"저와 진 당주가 움직여 보겠습니다."

담호의 말에 강만리는 물론 담우천과 주변에 모여 있던 황계 사람들 모두 눈을 휘둥그레 떴다. 심지어 진재건까지 흠칫 놀란 표정으로 담호를 돌아보았다.

담호는 침착하게 말했다.

"아버님이라면, 그리고 강 숙부이시라면 저들도 '상대가 무림오적이니까' 하고 수긍하며 넘어갈 수 있을 겁니다. 하지만 저나 진 당주가 나선다면 절대 그렇게 하지 못할 겁니다. 하룻강아지 범 무서운 줄 모르고 날뛴다면서 반드시 우리를 뒤쫓아 뛰어나올 게 분명합니다."

"위험하지 않을까?"

"아뇨. 어차피 저나 진 당주는 그저 저들을 교란하고 분노케 만드는 역할만 할 뿐, 나머지 힘든 일은 모두 강 숙부께서 해 주시면 되니까요."

"내가?"

"네. 적재적소에 인원을 배치하여 뛰쳐나온 백팔원로를 사냥하는 방법은 역시 강 숙부께서 궁리하실 테고요. 저는 그저 저들이 화를 참지 못하게 희롱하기만 하면 되니까요."

"흐음."

강만리는 무심코 엉덩이를 긁적였다.

사실 그가 담호에게 다음 계획을 물어본 건 미처 제대로 대응 방식을 생각하지 못했기 때문이 아니었다.

그저 담우천이 담호를 데리고 다니면서 암습과 암살, 은잠에 대해 하나씩 가르쳐 주는 것처럼, 담호에게 직접 생각하고 고민하고 궁리해 보라는 가르침을 내리려 했던 것이었다.

그런데 놀랍게도 담호는 미처 강만리가 생각하지도 못했던 계략을 입에 올렸다.

물론 강만리는 아직 담호가 어리다고 생각하고 있었기에 애당초 그를 제쳐 둔 채 계획을 세운 반면, 담호는 스스로를 믿었기에 자신이 미끼가 되는 계획을 세울 수 있었던 것이기도 했다.

강만리는 진지한 표정으로 머리를 굴렸다.

그는 담호의 제안을 중심으로 하여 약간의 수정을 거치고 보태는 형식으로 계획을 수립했고, 이윽고 그는 사람들을 둘러보며 자신의 머릿속에서 만들어진 구상에 관해 이야기하기 시작했다.

황계 사람들은 아직도 놀란 눈으로 담호를 힐끔거리면서 강만리의 계획을 들었다. 담우천은 여전히 표정의 변화가 없어서 그 속내를 알 수 없었다.

반면 진재건은 내심 길게 한숨을 내쉬고 있었다.

'젠장. 갈수록 마음에 드네. 이제 어쩌냐?'

진재건이 담호와 함께 지낸 지도 수년이 흘렀다. 그동안 진재건은 담호가 일취월장 성장하는 모습을 지켜보았다. 또한 담호의 품성과 인품, 성격에 대해서도 차분하게 관찰했다.

이후 북해빙궁을 떠나 함께 강호를 종횡하는 가운데 진재건은 담호 같은 주인을 섬기면 얼마나 즐거울까, 하는 생각에 빠져들게 되었다.

그랬다. 며칠 전 그가 십삼매를 벗어나 강만리 곁에 남겠다고 한 가장 근본적인 이유가 바로 담호였다.

마치 자신의 아들처럼, 제자처럼 담호가 더더욱 성장하여 천하에 군림하는 과정을 바로 곁에서 지켜보고 싶다는 바람 때문이었다.

그리고 어쩌면 그게 담호가 지닌 가장 큰 장점일지 몰랐다.

함께 지낸 이들 모두가 그를 제 자식이나 제자처럼 여기고 아끼게 만드는 힘. 그게 담호를 이만큼 성장시킨 원동력일 수도 있었다.

3장.
안개 속의 역습(逆襲)

한 차례 바람이 불었다.
습하고 탁한 안개가 찌는 듯한 열기 속에서 무겁게 출렁거렸다.
왠지 감이 좋지 않았다. 왠지 모르게 공기가 너무 무거웠다.
요 며칠 내내 내리고 있는 안개비조차 무겁게 느껴졌다.

안개 속의 역습(逆襲)

1. 후발제선(後發制先)

 풍양객잔을 중심으로 주변 십여 리 이내, 수백 명의 청성 지부 무사들이 세 겹의 원형을 이루는 경계망을 펼치고 있었다.

 수십 장 거리를 두고 오인(五人) 일조(一組)로 묶인 무사들은 횃불과 화톳불로 희뿌연 안개 저편을 밝히며 주위를 쉴 새 없이 경계했다.

 무덥고 습한 계절이었다. 시원한 우물물로 목욕하고 돌아서자마자 땀이 흥건해지는 날씨였다. 거기에 화톳불과 횃불까지 있으니 무사들의 몸은 금세 땀에 흠뻑 젖었다.

 아직 나라의 상중(喪中)이라 어쩔 수 없이 입고 있는

백의무복(白衣武服)이 피부에 달라붙어 제대로 움직이기조차 힘들 지경이었다.

그렇다고 해서 이쪽 사정을 봐줄 적이 아니었다. 황계의 고수들은 여기저기 안개 속에서 불쑥 튀어나와 기습을 펼치고 도망치는 등 쉴 새 없이 그들을 교란시켰다.

물론 청성 지부 무사들도 강했다. 개개인의 무위가 최소 일류급 이상의 고수들이었다.

하지만 황계의 고수들은 그보다 한두 수 위의 무위를 지니고 있었다. 즉, 청성 지부 무사들이 이른바 상승고수라고 불리는 최소한 당경급 이상의 무위가 되어야만 그들의 기습을 막을 수가 있는 것이었다.

황계의 고수들은 기척을 숨긴 채 짙은 안개 속을 이동하여 경계를 서고 있는 청성 지부 무사들의 코앞까지 다가왔다. 그러는 동안 청성 지부 무사들은 그들의 기척을 전혀 눈치채지 못했다.

그렇게 가까이 다가온 황계의 십이백야와 오십이 황백은 빠르게 칼을 휘둘러 청성 지부 무사들의 목을 베거나 혹은 소리 없이 독침을 날려 무사들을 쓰러뜨리고는 신기루처럼 그 자리에서 사라졌다.

동료가 바로 곁에서 쓰러지는 모습을 보고서도 청성 지부 무사들은 적을 쫓아 안개 속으로 쳐들어갈 수가 없었다. 이미 무슨 일이 있더라도 제자리를 벗어나지 말라는 명령이 하달된 상황이기 때문이었다.

그저 호각을 불거나 소리치는 것으로 그들이 경비하고 있는 곳에 적이 나타났다는 사실을 동료 무사들에게 알리는 게 그들이 할 수 있는 전부였다.

황계 고수들의 교란은 낮에도 밤에도, 아침에도 새벽에도 쉬지 않고 이어졌다.

당연히 기습을 펼치는 쪽보다는 지키는 쪽이 극도로 불리할 수밖에 없었다. 지키는 쪽은 발이 꽁꽁 묶인 상황이었다. 반면 기습을 펼치는 자들은 안개 속을 제집처럼 돌아다니면서 마음껏 청성 지부 무사들을 유린하고 있었다.

시간이 흐를수록, 쓰러지는 동료의 숫자가 늘어날수록 청성 지부 무사들의 속은 부글부글 끓어올랐다.

애당초 말도 되지 않는 명령이고 지시였다. 적의 기습이 있더라도 쫓아가지 말고 그저 제자리를 지키고 있으라니! 동료들이 비명 한 번 제대로 내지르지 못하고 죽는 모습을 가만히 눈뜬 채 지켜보고만 있으라니!

청성 지부주가 분노한 얼굴로 천소유의 집무실 문짝을 와락 젖히고 들어선 건 그날 오후의 일이었다.

"이제 어쩔 셈이오? 선주의 지시 때문에 내 수하들이 속절없이 죽어 나가고 있소! 이렇게 세 겹의 경계망이 모두 뚫릴 때까지, 내 수하들이 모두 죽어 나갈 때까지 마냥 기다리고 있으란 말이오?"

천소유는 입술을 깨물었다.

이 정도 피해는 애당초 예상하고 있던 그녀였다. 안개가 걷히기 전까지는 세 겹의 경계망 중 최소한 두 개는 뚫릴 거라고 생각했으며, 그 정도 피해는 감수해야 한다고 마음먹고 있었다.

그러나 피해의 당사자라고 할 수 있는 청성 지부주의 생각은 전혀 달랐다.

백팔원로와 무림십왕이라는 걸출한 고수들이 있음에도 불구하고, 그들보다 몇 수는 아래인 자신의 수하들이 그들을 지키기 위해서 목숨을 잃는 게 도저히 이해할 수 없었다.

"차라리 원로들에게 경비를 서라고 하는 게 어떻겠소? 그들이라면 쉽게 죽지 않을 텐데. 아니, 외려 놈들을 일망타진 때려잡을 수 있을 텐데 말이오!"

청성 지부주는 격노하여 그렇게 소리쳤다. 천소유는 '그런 말도 안 되는……'이라고 말하려다가 문득 고개를 갸웃거렸다.

의외였다.

지금 청성 지부주는 크게 흥분하여 이성을 잃고 함부로 말하고 있었지만, 놀랍게도 그 이야기 속에는 미처 천소유가 생각하지도 못했던 대처 방안이 있었던 까닭이었다.

'그렇구나! 원로들이 청성 지부의 무사인 척 변장한 채

경계를 선다면 외려 저들을 함정으로 몰아넣을 수도 있겠어.'

 천소유는 청성 지부주가 악을 쓰는 가운데도 정신을 집중하여 골똘하게 머리를 굴렸다.

 안개를 상대의 것으로만 놔둘 필요가 없는 법이다. 어차피 한 치 앞도 보이지 않는 건 저들 또한 마찬가지였다. 저들에게만 유용한 게 아니라 아군 역시 유리하게 사용할 수 있었다.

 비록 천시(天時)가 흉(凶)하다고 해서 그 천시가 사라지기만을 기다릴 게 아니라 반대로 천시를 길(吉)로 만들 줄도 알아야 했다.

 "고마워요!"

 천소유는 눈을 동그랗게 뜨며 다짜고짜 말했다. 계속해서 흥분하여 소리치던 청성 지부주의 눈이 휘둥그레지며 입을 다물었다.

 "지부주 덕분에 묘안이 떠올랐습니다. 이 모든 게 지부주의 공입니다."

 천소유의 계속해서 이어지는 칭찬에 청성 지부주는 어리둥절한 표정을 지었다.

 '내가 뭘 했다고…….'

 천소유는 그렇게 당황하고 있는 청성 지부주를 뒤로하고 심복들을 불렀다.

"얼른 원로회의 회주와…… 아니, 제가 직접 풍양객잔으로 가서 어르신들을 뵙겠어요."

그녀는 자리에서 일어나며 그렇게 말했다. 여전히 청성지부주는 혼란 가득한 얼굴로 천소유를 바라보고 있었다.

* * *

한 차례 바람이 불었다.

습하고 탁한 안개가 찌는 듯한 열기 속에서 무겁게 출렁거렸다.

왠지 감이 좋지 않았다. 왠지 모르게 공기가 너무 무거웠다. 요 며칠 내내 내리고 있는 안개비조차 무겁게 느껴졌다.

하지만 십이백야와 오십이 황백은 멈추지 않았다. 강만리로부터 전달받은 임무가 아니더라도 반드시 저들, 백팔원로와 무림십왕을 해치워야만 황계의 숙원을 풀 수가 있었으니까.

애당초 그들이 존재하는 이유가 바로 그것이었다. 오대가문의 멸망과 태극천맹의 괴멸. 그걸 위해서라면 얼마든지 목숨을 바칠 수가 있는 그들이었다.

출렁이는 안개 저편으로 횃불이 뿌옇게 일렁거리고 있었다. 저들은 모르고 있었다. 바로 그 횃불과 화톳불 때문에 자신들의 위치가 고스란히 드러나고 있다는 사실을.

지금 십이백야와 오십이 황백은 모두 열두 조로 나뉘어 움직이고 있었다. 한 명의 백야를 조장으로 하고 네다섯 명의 황백이 조원이 된 채 신속하게 치고 빠지는 식으로 유격전을 벌이는 중이었다.

황백의 무위가 당경에서 노경 사이라면 십이백야는 문경 이상의 무위를 지니고 있었다. 황계 최고의 고수들이 십이백야였고, 그들은 능히 백팔원로와 동등한 혹은 그 이상의 싸움을 벌일 실력을 갖추고 있었다.

그런 십이백야와 황백들이 청성 지부의 무사들을 상대한다는 것은 어린아이 손목 비트는 것처럼 손쉽고 간단한 일이었다. 또 지금까지 그래 왔다.

뿌연 불빛이 지척에 이르렀다. 여전히 청성 지부 무사들은 그들의 존재를 인식하지 못하고 있었다.

-다섯 명이다.

백야는 전음을 통해 황백들에게 이야기를 전했다.

-내가 먼저 중앙에 있는 자의 목을 벨 테니, 동시에 암기를 뿌려 나머지 넷을 해치우도록.

언제나 같은 방법이었다. 또 이 방법으로 벌써 수십 명의 목숨을 빼앗기도 했다.

백야는 천천히 발을 움직여 한 걸음 앞으로 내디뎠다. 공기는 흔들리지 않았고 기척은 전혀 일지 않았.

안개 속의 역습(逆襲) 〈73〉

백야는 호흡을 가다듬었다.

허리춤의 칼자루에 닿은 손이 파르르 경련을 일으켰다. 언제나 가장 짜릿한 순간이 바로 지금, 발도하기 직전이었다.

외려 칼을 휘둘러 적의 머리를 베는 건 그리 유쾌하지도 즐겁지도 않았다.

지금, 적이 전혀 눈치채지 못하고 있을 때 세상에서 가장 빠른 쾌도(快刀)의 수법으로 칼을 빼 드는 바로 지금이야말로 십이백야 중 한 명인 백야섬도(伯爺閃刀)에게 있어서 가장 짜릿한 순간이었다.

백야섬도의 호흡이 한순간 멈췄다, 싶은 순간 허리춤에 매달려 있던 그의 칼이 공간과 거리를 격하고 상대방의 목을 그었다.

단숨에 목이 잘리며 피 분수가 터지는 게 백야섬도의 시야에 들어와야 할 순간!

"어딜!"

창노한 목소리와 함께 한 가닥 섬광이 짙은 안개를 반으로 갈랐다. 백야섬도보다 늦게 발도한 칼이 그의 칼보다 먼저 덮쳐 왔다. 백야섬도의 눈앞이 깜깜해지는 순간이었다.

후발제선(後發制先)!

바로 그것이야말로 무림십왕 중 한 명인 패도천왕 왕두

균이 자랑하는 수법이었다.

2. 역습(逆襲)

짙은 안개 속에서 백팔원로와 무림십왕의 역습이 시작되었다.

그들은 청성 지부 무사들의 복장을 한 채 횃불을 밝히고 화톳불 근처에서 주위를 경계했다.

그들의 모습은 느긋해 보였다. 방심한 듯 하품까지 하면서 자신들의 기척을 활짝 드러냈다.

하지만 그들의 눈빛은 그 어느 때보다도 맑고 강렬하게 안개 속을 훑었으며, 자신들의 늙수그레한 목소리를 듣고 행여나 적이 눈치챌까 단 한 마디의 잡담도 나누지 않았다.

적들의 무위 또한 만만치 않았다. 천하의 무림십왕과 백팔원로였지만 그들이 삼사 장 가까이 다가올 때까지도 전혀 눈치를 채지 못했으니까.

만약 그 정도 거리를 두고 저들이 폭약이나 화살, 혹은 또 다른 암기들을 던졌더라면 원로 측 역시 적잖은 피해를 봤을 게 분명했다.

하지만 적은 여전히 청성 지부 무사들이 경계를 서고 있다고 착각했다. 지금까지 그래 왔던 것처럼 얼마든지 청성지부 무사들의 목을 베고 사라질 수 있다고 자신했다.

그래서 바로 무림십왕과 원로들의 지척까지 살금살금 다가와 칼을 휘두른 것이었다.

그게 패착이었다.

무림십왕은, 백팔원로는 정면으로 부딪쳐 싸운다고 해서 승리를 장담할 수 없는 상대였다. 거기에다가 무림십왕과 백팔원로는 미리 단단히 준비하고 있었고, 반면 십이백야와 오십이 황백은 그들이 청성 지부 무사라고 오인한 채 방심하고 있었다.

승부는 순식간에 갈렸다.

기습한다고 여겼던 이들이 외려 기습을 당했고 역습을 당했다. 희뿌연 안개 속으로 머리가 잘리고 팔이 잘려 나간 이들이 내뿜는 피 분수가 새빨갛게 허공을 물들였다.

뒤늦게 자신들의 실수를 인지한 백야와 황백들이 서둘러 퇴각하려 했지만 무림십왕과 백팔원로는 절대 그들을 놓치지 않았다.

십여 장, 아니 최소한 삼사 장 거리만 있었어도 이 짙은 안개를 이용하여 어디든 숨을 수가 있었다. 그러나 십이백야와 황백들은 원로들과 무림십왕에게 너무 가까이 다가왔다.

도저히 발을 뺄 수 없는 상황, 결국 어쩔 도리 없이 죽음을 각오한 칼부림이 펼쳐졌다.

"너무 깊게 쫓지 마시오!"

"이미 도망친 자들은 그냥 놔두시오!"

회주와 부회주를 비롯한 수뇌부들이 천소유에게 전해 들은 경고 그대로 소리치고 있었다.

저 짙고 깊은 안개 속에 또 무엇이 그들을 기다리고 있을지 모르는 상황이었으니까.

그저 눈앞의 상대만 해치우는 게 이번 작전의 요지였으며, 그렇게 상대방의 예봉(銳鋒)을 꺾는 게 천소유의 계획이었다.

역습을 당한 황계의 고수들은 순간 당황했지만 이내 정신을 차리고 빠르게 퇴각했다.

"이미 늦은 자는 버려라! 각자도생하라!"

냉엄한 외침이 안개 속에서 울려 퍼졌다. 고함을 들은 백팔원로들이 코웃음을 쳤다.

"동료를 버리라는 말을 아무렇지 않게 하다니, 역시 사마외도의 무리로구나."

"겨우 그 정도 실력으로 우리를 어찌하려고 들다니, 가서 어미 젖이나 더 빨고 오도록 하라!"

백팔원로의 비아냥과 조롱에도 불구하고 황계의 고수들은 뒤도 돌아보지 않고 도망쳤다. 그들이 안개 깊이 숨어들자 원로들은 더 이상 그들의 뒤를 쫓지 않았다.

"예상대로구나."

십이백야 중 한 명이 안개 저편을 노려보며 중얼거렸다. 뜻밖의 역습을 당했지만 의외로 그의 표정은 침착해 보였다.

"강 대협의 계략은 그야말로 신묘하기 그지없군그래. 놈들이 청성 지부 무사로 변장하여 우리를 역습할 거라는 사실까지 예측했으니 말이다."

"하지만 강 대협의 예측보다 저들의 움직임이 더 빨랐소. 강 대협은 최소한 오늘 밤이 되어서야 역습을 가할 거라고 말했으니 말이오."

"그만큼 저쪽 역시 머리가 잘 돌아가는 군사(軍師)가 있다고 생각해야 하지 않겠소? 어쨌든 저들의 역습에 당황하거나 놀라지 않을 수 있었던 것은 강 대협의 경고 덕분이니까."

"그럼 이제 다음 계획으로 진행해야겠구려."

"그러니까 말이오."

십이백야들의 대화는 게서 끝났다. 그들의 기척은 짙은 안개 너머로 사라졌고, 이후 한동안 황계의 기습은 보이지 않게 되었다.

백팔원로들은 오래간만의 활약으로 다들 즐거워했고, 의기양양해했다. 그동안 풍양객잔의 대청에 둘러앉아서 아무것도 하지 못한 채 동료들의 비보만 전해 듣던 그들의 분노와 울분이 조금은 가라앉는 듯했다.

하지만 그것도 잠시, 황계의 고수들이 더 이상 기습을 감행하지 않게 되자 백팔원로는 슬슬 지루하고 피곤해졌다.

아무것도 보이지 않고, 아무도 찾아오지 않는 안개 저편을 쳐다보며 한 시진, 두 시진 가만히 선 채 하염없이 기다리는 건 확실히 무료하기 그지없는 일이었다.

그건 객잔 대청에 둘러앉아서 술을 홀짝거리고 안주를 집어 먹으면서 상황을 지켜보는 것과는 전혀 다른 일이었다. 좀이 쑤시고 허리가 결렸다. 심지어 다리에서 쥐가 나는 것 같았다.

"으이구. 이놈의 몸뚱어리."

노기인 중 한 명이 무릎을 두드리며 투덜거렸다.

"아무리 체력이 떨어졌다고 하더라도 서너 시진도 제대로 서 있지 못할 정도라니. 이래 놓고 정파의 원로 운운할 수 있는 겐지, 원."

다른 노기인이 웃으며 말을 받았다.

"허허허. 그게 인생의 섭리가 아니겠소? 아무리 고강하다 한들 세월은 이겨 낼 수 없으니 말이오."

"맞는 말이오. 요즘에는 아침에 일어날 때 온몸이 쑤셔서 절로 신음 소리가 흘러나오지 뭐요?"

"허허. 그래도 노형(老兄)들은 아직 잠이라도 잘 자나 보구려. 나는 소피 때문에 몇 번씩 깨어나서 요강을 찾는

다오. 아주 잠이 부족해서 죽겠소, 요즘."

"노인들이 새벽잠이 없다는 게 그래서 나온 말이 아니오? 사람들이 뭣도 모르고 새벽처럼 일찍 일어난다고 말하지만, 실상은 잠이 없어서 깨는 게 아닌데 말이오."

백팔원로는 나이가 든 노인이면 누구나 겪을 법한 고통을 늘어놓으며 무료한 시간을 달랬다.

그렇게 하루가 지났다.

다음 날 또한 백팔원로가 제일 외곽의 방어진을 담당했다. 이번에는 굳이 청성 지부 무사 차림이 아니었는데, 어차피 그들이 방어에 가담한 사실을 저들이 알고 있는 이상에야 굳이 그런 변장을 할 필요가 없었기 때문이었다.

여전히 안개비는 축축하게 내렸고, 짙은 안개는 한 치 앞도 보여 주지 않은 채 천하를 뒤덮고 있는 가운데 시간은 하염없이 느리게 흘렀다.

그렇게 무료한 시간이 덧없이 흐르면서 첫날과 달리 백팔원로의 긴장감이 슬슬 떨어지기 시작했다.

다시 하루가 흘렀다. 백팔원로가 방어에 나선 지 셋째 날이 되었다. 여전히 안개 저편에서는 아무런 움직임이 없었고, 정파의 노기인들은 아예 소반(小盤)을 챙겨 와 술을 마시고 안주를 집어 먹었다. 또 조그만 의자를 가지고 나와 앉아서 조는 이들도 있었다.

그리고 다시 하루가 지나 나흘째가 되자 원로들의 입에서 원성이 흘러나오기 시작했다.

적의 기습이 없는데 굳이 우리가 이렇게 나설 이유가 어디 있느냐는 투덜거림이었고, 이렇게 마냥 시간을 허비할 바에는 차라리 직접 저 안개 속으로 뛰어드는 게 몇 배는 낫겠다는 항변이었다.

입을 다물고 있을 때는 몰랐지만 한 번 원성이 흘러나오기 시작하자, 그것은 이내 거대한 파도가 되어 모든 원로들에게 번져 나갔다.

애당초 겨우 일개 하오문에 불과한 황계 따위를 겁내 이렇게 단단히 방어진을 구축하는 것부터가 그들의 자존심을 건드리고 있었다.

그렇게 흔들리고 있는 자존심 위로 원성의 물결이 거칠게 흘러넘치면서 분위기는 이내 천소유와 청성 지부에 대한 성토와 규탄으로 이어졌다.

풍양객잔 남쪽 방위를 맡고 있는 선풍흑로의 경우에는 천소유에 대한 불만이 남달랐다.

가뜩이나 다혈질에다가 충동적인 성격의 소유자인 선풍흑로는 경비를 선 지 나흘째로 접어들자 더는 참지 못하겠다는 듯이 마구 불만을 터뜨리기 시작했다.

"도대체 우리를 뭘로 아는 게지? 아니, 애당초 원로회의 하부 조직이 비선이 아니냔 말이다. 그런데 그 하부 조직인 비선의 명령에 따라 우리가 이렇게 경비를 서고 있다는 게 말이나 되는 소리인가?"

함께 보초를 서고 있던 원로들이 쓴웃음을 흘렸다. 그들 또한 선풍흑로와 비슷한 생각을 하고 있었지만 굳이 나서서 그의 화를 부채질하지는 않았다.

"게다가 황계 놈들과 무림오적 그 애송이들도 영 마음에 들지 않는다! 싸우려면 제대로 한번 싸워 보든가, 우리에게 겁을 먹었다면 애당초 모든 짐을 꾸려서 도망치든가! 도대체 지금 이게 무엇하는 짓인지 모르겠다. 이 빌어먹을 안개가 걷히기만 해 봐라!"

선풍흑로는 안개 속을 노려보며 소리쳤다.

"이 개자식들! 뭐가 무서워서 덤벼들지 못하는 게냐? 암습과 함정, 암기가 없다면 그 간사하고 더럽고 추접한 얼굴을 내밀 수 없다는 게냐?"

그렇게 고래고래 내지르는 고함은 그곳에서 약 십여 리 넘게 떨어진 풍양객잔 북쪽 방위를 지키고 있던 원로들의 귀에까지 전해졌다.

원로들이 쓴웃음을 흘렸다.

"또 흑로께서 화가 나셨군그래."

"최소한 하루에 한 번이라도 화를 내지 않는다면 울화통이 터져서 죽을 사람이니까."

그들이 웃는 소리가 십여 리 떨어진 선풍흑로의 귀에까

지 들린 것일까. 선풍흑로는 갑자기 가려워진 귀를 긁으며 투덜거렸다.

"에이, 또 누가 내 말을 함부로 하는 게야?"

선풍흑로의 짜증에 동료 노기인들이 웃음을 참고 있을 때였다. 문득 안개 저편에서 인기척이 느껴졌다. 최소한 십 장 거리 안쪽에서 누군가 다가오는 기색이 있었다.

일순 선풍흑로의 입이 다물어졌다. 동시에 그는 씨익 웃었다.

드디어 기다리고 있던 놈들이 온 것이다. 나흘 만에, 울화가 치밀어 올라 폭발하기 직전에.

선풍흑로는 불진(拂塵)을 고쳐 잡았다. 먼지를 털 때 사용하는 일반 총채와는 달리 그의 총채 머리는 가늘고 단단한 수백 가닥의 철편(鐵鞭)으로 만들어져 있었다.

다른 네 명의 노기인들도 자세를 고쳐 섰다. 검과 칼에서는 은은한 빛이 흐르기 시작했다. 염화신장(炎火神將)의 두 손으로 붉은빛 광채가 모여들었다.

바로 그때였다.

안개 속에서 젊은, 아니 젊다고 하기에는 훨씬 어리게 들리는 목소리가 흘러나왔다.

"이거 너무한 거 아닙니까? 강호초출의 애송이를 상대로 다섯 명의 노기인이 싸울 태세를 갖추다니 말입니다. 정파 사람들은 원래 이렇게 부끄러움을 모릅니까?"

어린 사내의 목소리는 다섯 노기인들을 냉엄하게 꾸짖고 있었다.

3. 가장 강한 자

"흥!"
선풍흑로가 코웃음을 쳤다.
"그 안개 속에 네놈 한 명만 있는지, 아니면 그 뒤로 백 명 천 명이 숨어 있는지 어찌 알겠느냐?"
어린 사내는 씩씩하게 대꾸했다.
"내 주변에 기척이 얼마나 되는지도 눈치채지 못한다면 굳이 나와 싸울 필요가 없겠군요. 아무리 한낱 애송이라 할지라도 그 정도밖에 되지 않는 자들과 싸울 생각은 없으니까요."
말투는 정중했고 예의를 갖추고 있었지만, 말 한마디 한마디가 선풍흑로의 뼈를 때리고 있었다.
선풍흑로는 붉으락푸르락한 얼굴로 안개 속의 기척을 살폈다. 확실히 십여 장 안쪽으로는 어린 사내 한 명의 기척만이 감지되고 있었다.
"흥! 그래 봤자 사마외도가 아니더냐? 어떤 계략을 숨겨 뒀는지 노부가 어찌 알겠느냐?"

선풍흑로가 그렇게 말하자 어린 사내가 다시 말을 받았다.

"이런, 이런. 아무리 안개가 유별나다고는 하지만 천하의 선풍흑로께서 사마외도의 일개 애송이를 무서워할 줄 누가 알았겠습니까? 굳이 있지도 않은 계략을 운운하다니요."

"계략이 아니라면! 그럼 노부와 일대일로 싸우고 싶어 찾아온 게냐?"

"아, 물론 굳이 귀하를 찾아온 건 아닙니다. 단지 지금껏 수련해 온 내 실력이 과연 얼마나 통할지 알고 싶었을 따름입니다. 그러니까 이곳에 있는 원로 중 가장 강한 자면 됩니다. 어떻습니까, 누구든지 나와 정면으로 승부를 가릴 사람이 있는지요?"

어린 사내는 마치 안개를 뚫고 노기인들을 둘러보는 것처럼 말했다.

"아, 소요백운이라면 거기 모인 다섯 명 중에서 가장 강한 것 같은데 말입니다."

일순 선풍흑로는 저도 모르게 인상을 썼다.

굳이 내세울 생각은 없었지만 그래도 평소 자신이 소요백운이나 염화신장들보다는 적어도 반 수 위의 무위를 지녔다고 자신하던 그였다.

그랬기에 지금 저 어린 사내의 말이 그의 자존심을 건드리는 것이었다.

"흠. 아니면 염화신장도 제법 강해 보이는군요. 어쨌든 두 사람 중 한 명이면 되겠습니다. 적어도 두 사람 모두 나와 싸울 능력이 될 만하니까요."

"허어!"

누구보다도 먼저 선풍흑로가 어이없다는 표정을 지으며 입을 열었다.

"우리 중 누가 가장 강한가 하는 문제는 차치하고, 도대체 네깟 놈이 뭐기에 감히 우리의 능력을 평가한다는 게냐? 설마 네 녀석이 그 화평장의 어린 개자식이라도 된다는 게냐?"

천하의 선풍흑로였지만 사실 화평장에서 마주쳤던 그 어린 개자식만큼은 두 번 다시 만나고 싶지 않았다.

그 어린 괴물은 마구잡이로 손을 뻗어 노기인들의 팔을 부러뜨리고 수박처럼 머리를 박살 냈다. 그 무시무시한 광경에 선풍흑로는 물론, 그곳에 있던 모든 노기인들은 공포에 질렸다.

만약 무림십왕이 연달아서 펼친 합공이 아니었더라면 아마 놈은 그렇게 이를 갈며 도주하지 않았을 것이다. 또 반대로 말하자면 무림십왕이 동시에 합공해서야 겨우 도망치게 만들 정도로 그 어린 괴물이 강했다는 의미였다.

선풍흑로의 질문은 혹시나 해서 물어본 말이었다. 어쨌든 화평장에서 마주했던 어린 개자식은 지금처럼 정중하지도, 예의를 갖추지도 않았으니까.

그런데 놀랍게도 안개 저편의 어린 사내는 선풍흑로의 질문에 부인하지 않았다.

"화평장의 어린 꼬마라면……."

어린 사내는 웃는 목소리로 말했다.

"확실히 그렇게 불린 적이 있기는 합니다만, 설마 그게 정면 승부를 할 수 없는 이유라도 된답니까?"

'헉!'

일순 선풍흑로는 저도 모르게 움찔거렸다.

'설마 진짜 그 어린 개자식이란 말인가?'

선풍흑로의 표정이 달라졌다.

그는 잔뜩 경계하며 상대방의 기를 확인했다. 하지만 그때 느꼈던, 마치 지옥문을 뚫고 나온 악마와 마주한 듯한 공포와 두려움은 전혀 느껴지지 않았다.

선풍흑로는 이내 코웃음을 치며 말했다.

"어디에서 함부로 거짓말을 하느냐?"

"으음? 거짓말이라니요? 확실히 나는 화평장의 어린 꼬마였었습니다."

"개수작하지 말라!"

"뭐 믿지 못한다면 어쩔 수 없죠. 어쨌든 귀하는 나와 싸울 자격이 없으니까요. 그럼 소요백운과 염화신장 중 누가 나와 겨뤄 보겠습니까?"

"노부가 겨뤄주마!"

누가 말릴 새도 없이 선풍흑로가 버럭 소리치며 한 걸음 안개 속으로 들어갔다.

"노부가 네 녀석의 그 오만함과 방자함에 한 수 교훈을 내려 주마!"

"에이, 귀하는 자격이 없다니까요? 이곳에서 가장 강한……."

"노부가 가장 강하다!"

소리치는 선풍흑로의 불진이 부르르 떨렸다.

"이곳에 있는 이들 중 가장 강한 자는 바로 노부다! 어느 누가 감히 노부보다 강하다고 할 수 있겠느냐? 그러니 나와 일대일로 싸우자!"

소요백운과 염화신장을 비롯한 노기인들의 인상이 굳어졌다. 하지만 그들은 이성을 잃지 않은 채 선풍흑로를 말리려고 했다.

"상대의 도발에 넘어가시면 안 되오!"

"안개 속으로 들어가지 마시구려!"

그러니 선풍흑로는 이미 이성을 잃고 흥분의 소용돌이에 휘감겨 있었다. 사람들이 말릴수록 그는 더욱더 흥분했다. 그는 뒤도 돌아보지 않은 채 소리쳤다.

"걱정하지 마시구려! 내가 반드시 저 어린 개자식을 혼내 줄 것이오! 그러니 여러 형제께서는 절대 이 안으로 들어서지 마시구려! 내가 저놈의 목을 들고 들어오기만을 기다리면 될 것이오!"

 선풍흑도는 단호하게 소리치며 안개 속으로 저벅저벅 걸어 들어갔다. 마치 거대하고 희뿌연 괴물에게 잡아먹히듯 그렇게 순식간에 그의 뒷모습이 사라졌다.

 "아! 이걸 어쩌오? 이건 상대의 격장지계가 뻔하거늘, 흥분한 나머지 그런 뻔한 수에 넘어가다니."

 소요백운이 혀를 차며 말하자 염화신장이 살짝 기분이 상했다는 표정을 지으며 대꾸했다.

 "뭐, 늘 그래 왔으니 어쩌겠소? 예서 돌아오기를 기다리면 되겠지요."

 "허어, 그렇다고 뻔히 저들의 함정이 보이는데 가만히 있을 수는 없지 않겠소?"

 소요백운이 안타깝다는 듯이 말하자 파랑은호(波浪隱虎)가 팔짱을 끼며 말했다.

 "자기 잘난 맛에 살던 선풍이 아니오? 이참에 큰 코 한 번 당해 보는 것도 나쁘지 않다고 생각하오. 허허허. 설마 죽기야 하겠소?"

 "뭐 그야 그렇겠지만……."

 소요백운이 불안한 표정을 감추지 못한 채 안개 속을 들여다보자 문득 염화신장이 껄껄 웃으며 소리쳤다.

 "허허허! 십 초 안에 승부를 내지 못한다면 바로 우리가 도와주러 갈 것이오!"

안개 속에서 선풍흑로가 소리치는 목소리가 들려왔다.

"십 초는 무슨! 오 초 안에 끝내고 갈 터이니 나는 걱정하지 말고 편히들 기다리고 계시구려!"

봤느냐는 듯이 염화신장이 소요백운을 돌아보며 싱긋 웃었다. 소요백운은 어쩔 도리 없다는 듯 길게 한숨을 내쉬며 고개를 설레설레 흔들었다.

일이 이렇게 되었으니 기다릴 수밖에 없는 상황이었다.

그때였다. 안개 저편에서 몇 마디 대화를 나누는가 싶더니 이내 요란한 파공성과 병장기 부딪치는 소리가 들려왔다. 드디어 시작된 것이었다.

노기인들은 귀를 쫑긋거렸다.

챙챙!

칼과 불진의 철편이 일으키는 파열음이 들려올 때마다 그들은 저도 모르게 속으로 하나둘 숫자를 헤아렸다. 그러나 제법 많은 숫자를 헤아린 것 같았는데도 불똥을 튀며 요란하게 일어나는 파열음은 계속해서 들려왔다.

노기인들의 얼굴이 살짝 어두워졌다.

'설마……'

'지는 건 아니겠지?'

노기인들의 마음 한구석에 불길한 생각이 스며들기 시작할 순간이었다.

"아악!"
어린 사내의 비명이 터졌다.

4. 어린 담호의 도발(挑發)

"어디서 감히!"
선풍흑로의 창노한 목소리가 안개 저편에서 들려왔다.
"겨우 그깟 실력으로 덤벼들려고 하느냐? 겨우 팔 하나 잘린 걸 행운으로 생각하라!"
순간 노기인들의 한순간이나마 창백해졌던 얼굴이 그제야 풀렸다. 역시 약관도 채 안 된 듯한 목소리의 사내가 선풍흑로를 당해 낼 리가 없었다.
"허허. 괜히 초조해했나 보오."
"그러니 말이오. 돌아오면 선풍에게 말해서 술 한잔 크게 사라고 해야겠소."
노기인들이 긴장을 풀고는 그렇게 서로 웃으며 대화를 나누는 순간이었다.
"어딜 도망치려는 게냐? 거기 서지 못하겠느냐?"
안개 속에서 다시 선풍흑로의 목소리가 들려왔다. 노기인들이 눈살을 찌푸리며 소리쳤다.
"그냥 도망치도록 놔두시구려!"

"이미 승부는 끝났는데 괜히 더 쫓아갈 이유가 어디 있소?"

노기인들의 표정에 다시 초조한 기색이 스며드는 순간!

"아악!"

선풍흑로의 비명이 튀어나왔다. 노기인들의 얼굴이 딱딱하게 굳어졌다.

"무림오적! 네놈들이 함정을 판 채 기다리고 있었구나! 감히 노부의 뒤를 노리다니! 흥! 하지만 그게 전부더냐? 겨우 그 정도 함정으로는 노부를 어찌할 수 없을 게다!"

선풍흑로가 고래고래 소리치며 성난 호랑이처럼 마구 날뛰는 듯했다. 동시에 그는 안개 이쪽의 노기인들을 향해 도움의 손길을 요청했다.

"형제들! 여기 강만리가 있소! 그리고 천 가주가 반드시 잡으라고 부탁했던 장예추도 있소! 어서 달려와 노부를 도와주시구려!"

얼마나 우렁우렁한 목소리였던지 짙은 안개가 한순간 출렁이며 엷어졌다. 그 저편으로 선풍흑로와 두 명의 사내가 칼춤을 추는 광경이 언뜻 보였다가 사라졌다.

"조금만 버티시구려! 염화가 가오!"

노기인들 중 성질 급하기로는 선풍흑로에게 뒤지지 않는 염화신장이 버럭 소리치며 안개 속으로 뛰어들었다.

"잠깐만!"

소요백운이 손을 뻗어 그를 만류하려 했지만 염화신장

은 이미 안개 속으로 사라진 후였다. 외려 염화신장의 뒤를 따라서 파랑은호와 풍운도장(風雲道長)도 빨려들 듯 뛰어들었다.

순식간에 홀로 남게 된 소요백운이 인상을 찡그리며 발을 동동 굴렀다.

"아니, 다들 너무 성급하다니까."

소요백운은 투덜거리면서도 다시 정신을 집중하여 귀를 기울였다.

안개 속에서 조금 전까지 들려왔던 선풍흑로의 음성이 아무래도 그가 알고 있던 목소리와 조금 다르게 느껴졌기 때문이었다.

소요백운은 선풍흑로와 가장 막역한 사이였고, 누구보다도 그에 관해서 잘 알고 있는 인물이었다.

그의 어조와 말투는 물론, 즐겨 사용하거나 혹은 절대로 사용하지 않는 단어들 또한 익히 알고 있었다. 그리고 선풍흑로가 제 동료 형제들에게는 절대 '노부'라는 단어를 사용하지 않는다는 것 역시 너무나도 잘 알고 있었다.

'그런데 어서 달려와 노부를 도와 달라니, 선풍은 절대 그렇게 말할 사람이 아니다!'

소요백운은 확신했다.

비록 들려왔던 목소리는 선풍흑로 그였지만 선풍흑로는 그렇게 말할 리가 없었다. 그 절대적인 모순 앞에서 소요백운은 잠시 생각할 시간이 필요했고, 그래서 동료들이 안개 속으로 뛰어드는 걸 막으려 했다.

하지만 때는 너무 늦었다.

안개 저편에서는 챙챙챙챙! 요란한 파열음과 함께 비명과 고함이 엇갈리며 쏟아져 흘러나왔다. 치열한 전투가 벌어지고 있는 것이었다.

"에잇!"

망설이던 소요백운은 어쩔 도리가 없다는 듯이 지면을 박차고 안개 속으로 날아들었다.

그 목소리의 주인이 선풍흑로이든 아니든 그건 나중에 생각할 노릇이었다. 지금은 무림오적과 치열한 접전을 벌이고 있을 동료들에게 달려가 그들의 도움이 되는 게 급선무였다.

안개는 지독했다.

말 그대로 코앞이 제대로 보이지 않았다. 소요백운과 같은 절정의 고수 역시 이 지독하게 깔린 안개 속에서는 눈이 필요 없었다. 오로지 귀와 코, 그리고 육감만이 주위를 확인하고 피아를 가르고 있었다.

챙챙!

하지만 아차, 하는 순간 병장기 부딪치는 파열음이 사방으로 갈라졌다. 아무래도 무림오적의 유인에 낚여서 뿔뿔이 흩어진 모양이었다.

소요백운의 귓불이 꿈틀거렸다. 코를 벌름거렸다.

"죽어라!"

고함과 함께 매캐하게 타는 냄새가 났다. 열화신장의 목소리였다. 그의 성명절기를 펼친 게 분명했다.

소요백운은 열화신장의 목소리를 좇아, 그 매캐한 냄새를 따라 단숨에 그 현장으로 날아들었다.

주먹과 검을 휘두르며 싸우는 두 명의 모습이 흐릿하게 보였다. 당연히 주먹을 휘두르는 자가 열화신장이리라.

소요백운은 한 번의 도약으로 열화신장을 뛰어넘어, 마침 검을 내지르는 적을 향해 기습을 펼쳤다. 그의 모든 내공이 실린 일격이 놈에게로 쏘아지려는 바로 그때였다.

소요백운의 등 뒤에 있던 열화신장이 느닷없이 소요백운의 명문혈을 향해 일격을 가했다.

콰아앙!

감당할 수 없는 고통과 충격!

천지가 무너진 듯 순식간에 사방이 깜깜해져서 앞뒤를 분간할 수 없는 암흑천지가 되어 버린 상태에서 소요백운은 억지로 입을 열었다. 입을 열자마자 검은 피가 쿨럭쿨럭 밀려 나왔다.

"여, 열화신장?"

"미안하지만 아니거든."

상대적으로 젊은, 사십 대 초중반 사내의 목소리가 들

려왔다. 아무래도 사내는 웃고 있는 것 같았다. 그렇게 사내는 웃는 목소리로 동료에게 말하고 있었다.

"이 구기(口技)라는 거, 정말 배워 두기 잘한 것 같아. 정파 노기인들도 하나같이 다 속아 넘어가는 걸 보면 생각보다 훨씬 괜찮은 것 같고."

"안개 덕분이겠죠. 거기에다가 목소리가 울려서 더 속는 것 같습니다."

"뭐, 어쨌든 이제 이쪽은 다 정리되었으니 다른 곳의 늙은이들을 속이러 가 볼까?"

강만리는 진재건을 향해 그렇게 말하고는 자리를 떴다.

물론 소요백운은 그들의 대화를 듣지 못했다. 강만리가 '미안하지만 아니거든.'이라고 대답하기도 전에 이미 그는 목숨을 잃은 채 그대로 고꾸라졌으니까.

* * *

어린 담호의 도발이라면 백팔원로 중 성격 급한 자들은 충분히 넘어오게 될 것이다. 그리고 그 도발이야말로 강만리가 꾸민 계획의 시발(始發)이었다.

도발에 걸려 안개 이쪽으로 넘어오는 늙은이들이 굳이 많을 필요는 없었다.

아니, 오직 한 명, 한 명이면 충분했다. 안개를 의지하여 담호의 뒤쪽에 숨은 채 그 한 명 늙은이의 목소리를 흉내 낼 강만리가 있었으니까.

백팔원로 중 누군가가 담호를 찾으러 안개 속 깊이 쳐들어온다면 물론 담호가 아닌 담우천이 그 상대를 맡기로 했다. 노기인은 어린 담호를 염두에 두고 방심하고 있을 터, 담우천의 일원검이라면 단 일격에 해치울 수 있을 테니까.

혼란과 착각은 원래 한순간에 일어나는 법이다. 그리고 그렇게 혼란과 착각을 유도하는 일들이 동시다발적으로 벌어지게 된다면 아무리 백팔원로라 할지라도 꼼짝없이 당할 수밖에 없었다.

담우천의 일격으로 단숨에 선풍흑로를 해치운 후, 그의 죽음을 눈치채기 전에 담호와 진재건은 요란한 칼부림을 일으켰고 강만리는 선풍흑로의 목소리와 말투를 흉내 내어 크게 외쳤다.

물론 선풍흑로가 동료들에게 '노부'라는 단어를 사용하지 않는다는 것까지는 강만리도 미처 몰랐지만, 결국 강만리의 흉내에 낚인 노기인들이 앞다퉈 안개 속으로 뛰어들었고 그들은 담우천과 담호의 암습, 강만리와 진재건의 기습에 의해 하나둘씩 목숨을 잃고 말았다.

강만리의 계략이 성공하는 순간이었다.

4장.
계획대로는, 무슨!

"계획대로입니다."
일순 담호와 진재건은 물론 여섯 명의 백야와
서른한 명의 황백 모두가 강만리를 바라보았다.
강만리는 담담한 어조로 말을 이었다.
"솔직히 말하자면 계획보다 많은 인원을 잃기는 했지만,
무림십왕이 전면에 나서고 또 그로 인해 우리가 패배한 것처럼
보이게 만드는 것까지 모두 내 계획 속에 있었습니다."

계획대로는, 무슨!

1. 육왕일후(六王一后)

강만리의 계략은 완벽했다.

담호가 나서서 백팔원로의 성질을 건드리고 자존심을 긁어서 안개 속으로 끌어들인 후 담우천의 암습으로 상대를 해치운 다음, 다시 강만리가 그렇게 해치운 원로의 목소리를 흉내 내서 또 다른 원로들을 끌어들여 죽이는 방식은 연달아 성공을 거뒀다.

그렇게 하루 만에 수많은 원로와 백도의 노기인을 해치우는 성과를 올린 후, 강만리는 일행과 함께 의기양양하여 은거지로 돌아왔다.

'이대로라면 안개가 걷히기 전까지 저들의 수를 삼분지

일까지 줄일 수 있겠다.'

 강만리는 내심 그렇게 중얼거리며 안개가 걷힌 후에는 압도적인 수적 우위를 바탕으로 저들을 압살할 수 있을 거라고 자신했다.

 하지만 그런 생각은 은거지로 돌아온 순간 산산이 박살 나고 말았다.

 "스물일곱이나 당했다니, 그게 무슨 말씀이십니까?"

 상황 보고를 듣던 진재건이 깜짝 놀라 되물었다.

 십이백야 중 살아남은 여섯 명은 참담한 얼굴로 고개를 돌렸고, 겨우 서른한 명밖에 남지 않은 황백들은 부끄러움과 치욕, 허탈과 좌절이 엇갈린 표정으로 고개를 숙였다.

 한동안 대답하지 못하던 여섯 백야 중 한 명이 억지로 입을 열었다.

 "무림십왕이 전면에 나섰네. 죽은 대부분의 형제들이 그들과 싸우다가 당하고 말았지."

 진재건의 얼굴이 딱딱하게 굳어졌다. 담호도 당황하여 어쩔 바를 몰라 했다. 담우천은 침묵한 가운데 눈빛이 흐려졌다. 오직 강만리만 여전히 담담한 표정을 유지하고 있었다.

 섬류(閃瀏)라는 별호를 지닌 백야는 참담한 얼굴로 계속해서 말을 이었다.

 "안개 속으로 저들을 끌어들인다면 당연히 우리가 유

리하다고 생각했네. 강 대협도 그리 말했으니까."

* * *

"안개는 우리 편입니다."

강만리는 십이백야와 오십이 황백에게 말했다.

"안개는 은폐물이고 보호막인 동시에 암습을 도와주는 아군이라 할 수 있습니다. 그러니 정파의 늙은이들을 안개 속으로 끌어들이십시오. 도발하든 자존심을 긁든 어떡해서든 그들을 끌어들이는 순간, 여러분들은 그 압도적인 인원수로 불과 대여섯 명밖에 되지 않는 저들을 압살하게 되는 겁니다."

확실히 강만리는 그렇게 말했다. 그리고 그건 강만리가 직접 백팔원로를 상대했던 방법과 크게 다르지 않았다.

달랐던 건 십이백야와 오십이 황백이 쳐들어간 방향에 다름 아닌 무림십왕이 있었다는 것, 오직 그 하나뿐이었다.

짙고 희뿌연 안개는 백팔원로의 시야만 가리는 게 아니었다. 십이백야와 오십이 황백 역시 저 안개 너머에 누가 횃불을 들고 있는지 확인할 수가 없었다.

그리고 지금껏 단 한 번도 모습을 드러내지 않았던 무림십왕이, 그것도 일곱 명이나 되는 무림십왕이 화톳불

앞에서 횃불을 들고 서 있을 줄 누가 상상이나 할 수 있었을까.

무림십왕은 십이백야의 도발에 넘어온 듯 안개 속으로 발을 디뎠다.

십이백야와 오십이 황백은 강만리의 계략이 성공했다고 확신하면서 그 압도적인 인원을 바탕으로 순식간에 그들을 학살하고자 하였다.

하지만 학살당한 건 바로 자신들이었다.

십이백야가 사방에서 그들을 덮치고, 오십이 황백이 그들을 향해 노도(怒濤)처럼 밀려들었지만 무림십왕은 조금도 당황하지 않았다.

그들은 기다렸다는 듯이 각자 맡은 방위에서 쳐들어오는 적을 상대했다. 적의 수가 자신들보다 열 배가 넘었지만 무림십왕은 개의치 않았다.

서로 등을 마주한 채 둥근 원진(圓陣)을 펼치고 있는 이상, 어차피 자신을 향해 정면으로 부딪쳐 오는 적의 수는 많아야 셋, 넷에 불과했으니까.

혼자라면 또 몰랐겠지만 일곱 명이 한자리에 모이게 되자 무림십왕은 가히 무적(無敵)에 가까운 위용을 펼쳤다.

안개 속에서 날아드는 십전궁왕의 화살은 소리도 없이 황백의 목덜미를 꿰뚫었다. 시야가 가려진 곳에서 허공 높이 쏘아 올렸던 화살은 그대로 황백의 정수리와 어깨에 내리꽂혔다. 안개 속에서 가장 무섭고 두려운 무기는 다름 아닌 십전궁왕의 화살이었다.

십팔반 병기를 다루는 무적전왕 한백남은 방패와 창을 자유자재로 사용하며 십이백야와 황백의 공격을 막는 동시에 역공(力攻)을 가했다. 그의 방패 앞에서 부러지고 박살 나지 않는 무기가 없었으며, 그의 장창(長槍) 앞에서 꿰뚫리지 않는 이가 없었다.

칼이나 검에 비해 세 배 이상 긴 창. 안개 속에서 그보다 더 활용적인 무기가 없었다.

물론 장창만 두고서라면 확실히 신창태왕(神槍太王) 송규염(宋奎焰)이 무적전왕 한백남보다 한 수 위의 실력을 지니고 있었으니, 그가 창을 한 번 휘두를 때마다 안개 속에서 느닷없이 튀어나오는 창날에 격중당한 황백이 비명을 내지르며 쓰러져야 했다.

격전 중임에도 불과하고 여전히 우아한 자태로 서 있는 소수음후는 그 노랫말을 알 수 없는 노래를 부르고 있었다. 놀랍게도 그 노래는 아군의 사기(士氣)를 고양하고 활력을 불어넣는 반면, 황백과 십이백야에게는 마치 저주(詛呪)처럼 그들의 몸을 무겁게 만들고 발목을 끌어당겼다.

어쩌면 십이백야와 오십이 황백이 이 압도적인 인원을 가지고도 그럴듯한 싸움 한 번 제대로 하지 못한 채 밀리고 있는 까닭은 바로 소수음후의 노랫가락 때문인지도 모르는 일이었다.

절대권왕 조동립은 강철처럼 단단했고 섬전처럼 빠르며 벼락처럼 강렬했다. 그는 다른 무림십왕과 달리 원진을 펼치지 않은 채 마치 독불장군처럼 혹은 일인(一人) 선봉대(先鋒隊)처럼 앞으로 튀어나와 십이백야와 오십이황백을 헤집고 다녔다.

비록 적수공권(赤手空拳)이었지만 그의 주먹은 창보다 길었고 그의 손가락은 검보다 날카로웠으며 그의 손바닥은 칼보다 강력했다. 또한 그의 무릎은 천근 바위처럼 묵직했으며 그의 폭풍 같은 발길질 앞에서는 그 짙고 희뿌옇게 가라앉아 있던 안개조차 자취를 감췄다.

패도천왕 왕두균의 칼질은 무자비했다. 그는 모든 일격에 전력을 퍼부었다. 그 칼질 앞을 가로막는 게 있으면 산산이 부수고 박살 내며 짓이기는 게 바로 그의 도법(刀法)이었다.

한 번 그의 칼과 맞부딪칠 때마다 황백의 칼과 검은 수백 개의 조각으로 산산이 부서졌으며, 동시에 그들의 늑골과 쇄골, 정수리 또한 순식간에 으스러졌다.

패도천왕의 칼에는 용서라는 게 없었다. 그래서였다. 이 무림십왕의 육왕일후(六王一后) 중 가장 잔악하고 파괴적이며 압도적인 무력을 펼치는 이가 바로 패도천왕 왕두균이었다.

그들과 비해 무정검왕 목부강은 그다지 움직이지 않고 있었다. 그저 가만히 검을 곧추세운 채 서 있다가 자신을 향해 날아드는 이들의 병장기를 막아 내거나 혹은 동료들을 기습하는 공격을 뿌리칠 따름이었다.

그렇게 무정검왕이 적극적으로 움직이지 않고 있음에도 불구하고 다른 여섯 명의 가히 신위(神威)와 같은 무용(武勇)에 결국 십이백야와 오십이 황백은 스물일곱 명이라는 사망자를 남긴 채 퇴각해야만 했다.

그야말로 처절하고 비참한 패배였다.

2. 계획대로입니다

섬류백야의 이야기가 끝났다.

모든 이들은 입을 굳게 다문 채 침묵했다. 담호는 잔뜩 당황한 얼굴로 사람들을 둘러보았다.

담호는 십이백야와 오십이 황백이 얼마나 강한지 겪어 봐서 잘 알고 있었다. 이곳 대읍현으로 오기 전 성도부에 있을 때, 담호는 그들과 함께 수련했으며 또 간단하게나마 비무와 대련을 한 적이 있었다.

그때 담호는 그 누구와 붙어도 이길 수가 없었다. 매번 전력을 다했지만 그들이 대략 반 수 정도는 봐준다는 느낌 아래 무승부로 끝나는 게 최선이었다.

심지어 십이백야와의 대련에서는 더 큰 차이가 벌어졌다. 그들의 노련하고 실전적인 움직임에 꼼짝도 하지 못하고 패배를 당하면서 담호는 어쩌면 이들이 제 부친이나 숙부들과 비교해도 전혀 손색이 없지 않을까 하고 생각했다.

그런 십이백야 중 여섯이나 목숨을 잃은 것이다. 그런 오십이 황백 중 스물한 명이나 죽은 것이다. 겨우 일곱 명, 아니 제대로 싸운 것만 치면 여섯 명밖에 되지 않는 무림십왕에게 말이다.

도대체 무림십왕은 얼마나 강한 걸까.

그리고 그 강한 무림십왕을 상대로 승리를 거머쥔 그의 부친은 또 얼마나 강한 걸까.

물론 담호는 당시 무정검왕 목부강이 부친과 싸우면서 한 수의 정(情)을 남겨 줬기에 승리를 얻었다는 이야기를 들은 바 있었다. 그래서 손속에 정을 남기는 게 얼마나 위험한 일인지도 그때 배웠다.

그럼에도 불구하고 담호는 제 부친이 무정검왕은 물론 다른 무적십왕보다도 한 수 위의 실력을 지녔을 거라고 생각했다. 심지어 강만리나 화군악, 장예추들도 그럴 거라고 생각했다.

하지만 지금 담호는 그렇게 생각할 수 없었다. 어쩌면 무림십왕은 담우천이나 강만리들보다 훨씬 강할지도 몰랐다.

그런 생각이 머리에 떠오르는 순간 담호는 저도 모르게 진저리를 쳤다. 공포와 두려움이 그를 엄습했다.

그때였다.

마치 갑작스레 찾아온 공포와 두려움에 부르르 몸을 떨고 있는 담호의 마음을 들여다본 듯 강만리가 천천히 입을 열었다.

"계획대로입니다."

일순 담호와 진재건은 물론 여섯 명의 백야와 서른한 명의 황백 모두가 강만리를 바라보았다. 강만리는 담담한 어조로 말을 이었다.

"솔직히 말하자면 계획보다 많은 인원을 잃기는 했지만, 무림십왕이 전면에 나서고, 그로 인해 우리가 패배한 것처럼 보이게 만드는 것까지 모두 내 계획 속에 있었습니다."

"아아……."

황백 중 누군가 한숨처럼 혹은 신음처럼 소리를 흘렸다. 모든 게 계획대로라는 강만리의 말에 대부분의 이들이 안도의 표정을 지으며 고개를 끄덕이는 가운데, 몇몇 황백은 원망의 빛이 담긴 눈으로 강만리를 노려보았다.

"미처 그 부분을 말씀드리지 못한 건 정말 죄송하게 생각합니다. 하지만……."

강만리는 계속해서 말했다.

"또 굳이 말씀드리지 않은 이유도 있습니다. 저들을 완벽하게 속이기 위해서는, 우리가 패배했다고 저들이 진심으로 믿게 만들기 위해서는 무엇보다 먼저 여러분들이 완벽하게 패배해야 했기 때문입니다."

"으음. 적을 속이기 위해서는 아군부터 속여라, 이런 말이로군그래."

백야 중 한 명이 고개를 끄덕이며 중얼거렸다. 강만리는 기다렸다는 듯이 말을 받았다.

"네. 바로 그런 의미로 여러분들께 차마 말씀드리지 못했습니다. 하지만…… 생각보다 여러분들이 그렇게까지 죽기 살기로 싸울 줄은 미처 몰랐습니다."

강만리가 백야와 황백들에게 싸우다가 불리하면 빠르게 퇴각하라는 명령을 내렸던 건 사실이었다.

그러나 십이백야와 오십이 황백은 지금껏 연달아 승리해 왔기에 자신들의 패배를 쉽게 인정하지 못했으며, 결국 그 아집과 미련으로 인해 처참한 패배를 당한 것이었다.

"또 솔직히 말씀드려서 무림십왕이 그렇게까지나 강한 줄 미처 몰랐습니다. 여러분들의 힘이라면…… 최소한의 피해만으로 저들을 상대할 거라고 생각했습니다. 모든 게 내 불찰입니다. 죄송합니다."

 강만리는 고개를 숙였다.

 백야와 황백들은 이를 악문 채 강만리를 바라보았다.

 강만리가 미리 말해 주지 않았던 까닭에 애꿎은 동료들이 더 많이 죽어 나간 것이다. 조금이라도 언질을 주었더라면 스물일곱 명까지 죽는 참사는 일어나지 않았을 터였다.

 하지만 그들은 강만리의 진지한 사과 앞에서 결국 어쩔 도리 없다는 듯 탄식했다. 백야 중 한 명이 강만리를 바라보며 침중한 목소리로 말했다.

 "우리의 잘못이 크오. 분명 강 대협께서는 불리한 상황이 닥치면 물러나라고 하셨으니 말이오. 결국 무림십왕과 싸워 이길 수 있다는 괜한 호승심 때문에 그리 많은 동료들이 목숨을 잃은 것이오. 그러니 우리에게 사과하실 필요는 없소이다."

 사람들은 그 말에 고개를 끄덕였다. 강만리 또한 다시 한번 정중하게 인사하는 것으로 상황이 일단락되었다.

 여섯 명의 백야와 서른한 명의 황백들이 자리를 떠났다. 이제 그곳에 남은 사람은 강만리와 담우천, 그리고 진재건과 담호뿐이었다.

 강만리와 담우천이 조용한 가운데 진재건이 힐끗 강만리를 바라보며 입을 열었다.

"그래도 그 모든 게 계획대로라는 게 천만다행입니다. 무림십왕이 그렇게 강할 줄은 사실 속하 또한 모르고 있었거든요."

"계획대로는, 무슨!"

강만리가 발끈하듯 말했다. 진재건이 움찔거렸다.

"계, 계획대로라고 하지 않으셨습니까?"

"그야 내가 그렇게 말해야만 하는 자리였으니까."

강만리는 엉덩이를 벅벅 긁으며 말했다.

"만약 내가 그렇게 말하지 않았더라면 저 백야와 황백들은 반드시 나를 죽이려고 했을 게다. 그러니 최대한 침착하게 거짓말을 할 수밖에 없었던 것이지."

"하, 하지만……."

"나도 몰랐다. 전혀 몰랐다. 무림십왕이 전면에 나서서 경비를 설 줄은, 또 그렇게나 강할 줄은 미처 몰랐다. 전혀 생각하지 못했다."

강만리는 엉덩이를 긁던 손으로 다시 머리카락을 쑤시듯 긁으며 투덜거렸다.

"무림십왕의 체면이나 자존심이나 성격이나 뭐 그런 것들을 종합해 봤을 때, 절대 객잔 밖으로 나올 사람들이 아니라고 판단했거든. 그게 내 실수였다. 십왕 중 누군가 깨어 있는 자가 있었던 모양이다."

강만리는 인상을 찡그리며 말을 이었다.

"게다가 지금껏 우리 편이었던 저 짙은 안개가 이번에는 적으로 돌변한 셈이야. 앞이 보이지 않는 안개를 뚫고 날아오는 소리 없는 화살과 강기들이라니…… 만약 그 안개가 아니었더라면 백야와 황백이 이렇게나 처참한 패배를 당하지 않았을 게다."

거기까지 말한 강만리는 한숨을 길게 내쉬었다.

사실 앞이 보이지 않을 정도의 안개는 피아(彼我) 모두에게 약점이 되었다.

그나마 무공이 더 강한 쪽이 그렇지 못한 쪽보다 안개를 이용하여 상대를 핍박할 수 있었고, 또 그런 특수성을 잘 활용한 강만리 일행이 지금까지 쾌거를 이룰 수 있었다.

그러나 무림십왕과 백야, 황백 간의 싸움에서는 정반대의 현상이 일어난 것이었다.

분위기는 더욱더 가라앉았다.

누구도 쉽게 입을 열지 못했다. 하기야 이런 상황에서 입을 열 수 있는 사람은 오직 담우천뿐이었고, 마치 그런 상황을 알고 있다는 듯이 담우천이 천천히 말을 꺼냈다.

"이미 지나간 일이네. 지금은 후회할 시간이 아니라 반성하고 다시 계획을 수정해야 할 시간이네."

"알고 있습니다. 알고는 있는데……."

강만리는 다시 머리를 박박 긁었다.

스물일곱 명의 죽음은 생각보다 큰 피해였다. 강만리

일행이 하루 종일 온갖 꼼수를 다 동원해서 해치운 노기인들보다도 두 배가 넘는 피해였으니까.

즉, 백팔원로와 노기인들의 수를 줄여서 수적 우세를 점하겠다는 강만리의 계획은 아예 물거품이 되고 만 상황이었다. 머릿속이 복잡할 수밖에 없었다.

강만리는 한숨을 쉬며 말했다.

"모르겠습니다. 최소한 하루 정도는 다시 생각하고 계획을 세워야 할 것 같습니다. 그러니 내일은 다들 푹 쉬면서 체력 관리를 하시기 바랍니다. 아, 진 당주."

"네, 말씀하십시오."

"자네는 백야와 황백들을 찾아가서 내일은 움직이지 말고 최대한 체력을 비축해 놓으라고 전해 주게."

"그리 전하겠습니다."

"아, 내 계획에 대해서는 입도 뻥긋하지 말고."

"물론입니다."

진재건이 자리를 떴다.

담호가 눈치를 보면서 그를 따라 자리를 벗어나려고 했다. 하지만 담우천의 말이 더 빨랐다.

"그래. 오늘 하루 겪어 보니까 어떻더냐?"

담우천은 장남을 돌아보며 물었다. 담호는 엉거주춤 자리에 앉으며 조심스레 입을 열었다.

"암습에 관한 질문이시라면……."

"그래. 맞다."

"아무리 무공의 고수일지라도 한순간이나마 방심하는 순간 목숨을 잃는 곳이 강호라는 사실을 새삼 깨달았습니다."

"흐음."

"또한 적을 상대할 때는 그보다 좋은 방법이 없으며, 반대로 그 상황에 대처하기 위해서는 최대한 이목을 집중하여 기척과 살기를 미리 찾아야 한다고 생각합니다."

"다행히 우리에게는 천조감응진력이 있다. 그걸 극한으로 익히게 된다면 최소한 반경 십 장 이내는 아무리 미약한 기척과 살기라 하더라도 반드시 찾아낼 수 있을 것이다."

"명심하겠습니다."

"그래, 그뿐이더냐?"

"다른 건……."

담호는 담우천이 무얼 질문하는지 몰라서 살짝 당황해했다. 담우천은 무심한 표정을 지은 채 입을 열었다.

"내가 저들을 해치울 때 매번 같은 무공을 사용했더냐?"

"아뇨. 매번 다르셨습니다. 일원검을 펼치실 때도 있었고, 일섬혈을 사용하실 때도 있으셨습니다."

"내가 굳이 매번 다른 검법을 펼친 이유가 뭐라고 생각하느냐?"

"그, 그건……."

담호는 쉽게 대답하지 못했다.

3. 생(生)과 사(死)의 갈림길

당연히 펼치는 검법마다 소모되는 내공엔 차이가 있다. 어쩌면 내공을 보존하고 아끼기 위해서 내공의 소모가 적은 검법을 펼친 것인지도 모른다.

'아니, 그건 아냐. 한 번에 수십, 수백 초를 펼치는 것도 아니고 짧은 시간 동안 수십 명에게 검을 내지르는 것도 아니니까 내공과는 크게 관계가 없어. 그렇다면……'

담호는 잠시 생각하다가 입을 열었다.

"역시 상대에 따라서 펼치는 검법이 달라지는 건가요?"

일순 무심하던 담우천의 눈빛이 가볍게 일렁였다. 그는 가만히 담호를 지켜보다가 천천히 고개를 끄덕이며 말했다.

"바로 그것이다. 어찌 알았느냐?"

담호는 생각한 바를 그대로 이야기했다.

"몸놀림이 둔하고 동작이 느린 원로에게는 쾌검을 펼치셨고, 날렵하고 민첩한 보법을 밟던 이에게는 환검을 펼치셨거든요. 즉, 상대방 무공의 취약점을 빠르게 찾아서 가장 효과적이고 치명적인 공격을 펼치는 게 암습의 기본이 아닐까 싶어서 그리 말씀드렸습니다."

"맞다."

담우천이 말했다.

"그게 바로 제대로 된 암습(暗襲)이라는 게다."

담우천은 힐끗 강만리를 바라보았다.

이때 강만리는 혼자만의 상념에 젖어 있었다. 마치 바둑을 두는 이가 장고에 들어간 듯, 주위의 그 어떤 대화나 인기척도 느끼지 못하고 있는 듯 보였다.

담우천은 다시 담호를 돌아보며 입을 열었다.

"무작정 다가와서 칼로 쑤시거나 혹은 어두운 곳에 숨어 있다가 기습하는 건 삼류, 기껏해야 이류의 무사를 상대로 통하는 수법이다. 일류 정도 되는 자들이라면 상대가 내뿜는 살기를 감지하고 반사적으로 방어하니까."

필살(必殺)의 일격을 펼칠 줄 안다면 상관이 없는 일인지도 모른다.

하지만 일반적으로 어떤 무공이든 허점이 있고 상극(相剋)이 있기 마련이다.

노리는 상대를 단 일격에 해치우기 위해서는 그의 무공을 미리 알고 허점이 무엇인지, 또 상극의 무공에는 어떤 것이 있는지 파악해 두어야 했다. 그게 제대로 된 자객(刺客)의 기본자세였다.

검(劍)으로 치자면 쾌검(快劍)은 패검(覇劍)에 약하고, 패검은 환검(幻劍)에 약하며, 환검은 중검(重劍)에 약하고 다시 중검은 쾌검에 약하다.

물론 조금 더 세세하게 들어가자면 유검(柔劍)이니 둔검(鈍劍)이니 첨검(尖劍)이니 하며 다시 세분화된 여러 종류의 검법이 나오기는 하지만, 가장 기본적인 틀에서는 상기한 대로 나뉜다.

그렇다고 해서 그게 진리냐 하면, 그 상극의 궤를 영원히 벗어날 수 없느냐 하면 그건 또 아니었다. 수련자의 능력에 따라서 무공의 특수성에 따라서, 그리고 무위의 고하에 따라서 얼마든지 달라질 수가 있었다.

물론 지금 담우천은 거기까지 담호가 이해하기를 바라지 않았다. 단지 더욱더 간단하고 빠르게 상대를 암습하려면 그가 지닌 무공의 종류나 장단점을 빨리 파악할 줄 알아야 한다고 말하고 싶은 게였다.

그리고 담호는 부친이 하고자 하는 말의 의미를 정확하게 깨우쳤다.

암습할 상대에 관해서 미리 조사해 두는 것도 한 방법이었으며, 만약 그럴 시간이나 여유가 없다면 상대의 발놀림이나 무게 중심의 이동, 근육의 움직임 등을 기반으로 그가 어떤 종류의 무공을 익혔는지 빠르게 파악하는 게 중요했다.

무엇보다 단 한 수의 기습으로 상대를 죽이느냐, 그렇지 못하느냐는 실로 큰 차이가 있었으니까.
 이후로도 담씨 부자(父子)는 꽤 오랫동안 암습과 현장의 상관관계에 대해서 대화를 나눴다. 홀로 깊은 장고에 들어간 강만리는 그들의 대화가 끝날 때까지 미동도 하지 않았다.
 그렇게 하루가 지났다.

* * *

 다음 날.
 여섯 백야와 서른한 명의 황백은 강만리의 지시대로 습격을 나가지 않았다. 대신 그들은 대읍현 외진 산자락에 있는 폐찰에 몸을 숨긴 채 부상을 치료하거나 운기조식을 하며 다음 출격을 대비하고 있었다.
 한편 강만리는 전날 회의가 끝난 이후부터 한 마디 말도 하지 않은 채 심사숙고하는 중이었다. 담우천은 묵묵히 검을 닦았고 담호는 진재건에게 부탁하여 대련에 열중했다.
 "솔직히 말씀드리자면……."
 진재건은 숨을 격하게 몰아쉬고 있는 담호를 바라보며 입을 열었다.

"무위로만 치자면 이제 소장주는 절대 저보다 아래가 아닙니다. 심지어 내공은 외려 저보다도 높습니다. 그런데도 계속해서 패배하는 이유가 어디 있다고 생각하십니까?"

담호는 조금 전 진재건의 칼이 제 목을 겨눴던 상황을 떠올리며 말했다.

"임기응변이 약한 게 아닐까요?"

"맞습니다. 그렇다면 그 임기응변은 어디에서 나오는 것일까요?"

"순발력과 재치?"

"뭐 그럴 수도 있겠습니다만, 무엇보다 가장 중요한 건 경험에서 나오는 침착함이겠지요."

진재건은 담호 곁에 주저앉으며 말했다.

"침착해야 합니다. 무슨 일이 있든 어떤 상황이 되든 반드시 침착해야 합니다. 특히 생과 사의 갈림길에서는 그 어느 때보다 침착해야 합니다."

혼란에 빠져 갈피를 잡지 못하고 허둥대느냐, 이성을 놓지 않고 침착하게 대응하느냐에 따라서 삶과 죽음이 갈린다. 아차! 하는 순간 이미 늦은 것이다.

침착함은 물론 태생적인 것일 수도 있지만, 많은 실전 경험을 통해 얻을 수도 있었다. 승리가, 패배가 중요한 게 아니었다. 수많은 칼부림 속에서 끈질기게 버티고 살아남는 게 중요했다.

그렇게 얻은 그 모든 경험을 통해서 급박한 상황에도 흔들리지 않는 부동심(不動心)과 그 상황을 살피는 여유와 대처할 수 있는 침착함을 얻게 되는 것이었다.

무공이 뛰어나고 무위가 높은 젊은 협객들이 그보다 못한 실력을 지닌 중년 검객들에게 종종 패배하고 목숨까지 잃는 이유가 바로 거기에 있었다.

"그러니 많이 싸우십시오. 많이 싸우시되 절대로 흥분하거나 이성을 잃지 마십시오. 싸우면서 깨닫고 느끼고 얻게 되는 그 모든 경험을 자양분으로 삼는다면 소장주는 당장이라도 지금보다 두 배 이상 뛰어난 무위를 보이실 겁니다."

진재건은 마치 사부가 제자에게 이르듯, 아버지가 아들을 가르치듯 진중한 어조로 말했다.

"명심할게요, 진 당주."

담호가 눈빛을 반짝이며 고개를 끄덕였다.

5장.
안개 속의 계곡가

서로 생각이 비슷하고 상황과 대국을 살피는 시야가
다르지 않았으니 굳이 논쟁(論爭)할 이유도 없었고
또 시간을 잡아먹는 일도 없었다.
그들은 각자 생각한 대로 움직였다.
놀랍게도 그 각자의 움직임은 서로 부딪치거나
어긋남이 없이 조화를 이뤘고, 그래서 채 하루도
지나지 않아 이곳 폐찰의 위치를 발견할 수가 있었다.

안개 속의 계곡가

1. 폐찰(廢刹)

중이 떠난 지 수십 년이 흘러 이제는 흉가(凶家)가 되어 버린 폐찰이었다.

돈이 될 법한 물건들은 인근 마을의 주민들과 오가는 행인들이 모두 훔치고 떼어 가서 그야말로 목재만 덩그러니 남아 있었다.

지붕이 뚫려서 안개비가 알게 모르게 스며들어서 공기는 축축했고 끈적거렸다.

강만리는 과거 이 폐찰의 주지(住持)가 거주했던 방장실에 가부좌를 튼 채 홀로 앉아 있었다. 어찌 보면 운기조식을 하는 것처럼 보이기도 했고, 또 어찌 보면 깊은 명상에 잠겨 있는 것처럼 보이기도 했다.

하지만 지금 강만리의 머릿속은 빠르게 돌아가고 있었다. 그는 지금 자신들이 활용할 수 있는 모든 것들에 대해 생각하고 대책을 강구하고 계획을 수정하는 중이었다.

중구난방으로 뻗어 나가던 그의 상념은 이제 축융문에서 가지고 나왔던 폭약에 이르렀다.

'가만있자. 지금 폭약이 몇 개 남았더라?'

강만리들은 축융문에서 멸앙화린구나 유성비령탄 등 상당히 많은 폭약을 얻었다.

그러나 이곳까지 오는 동안 적재적소에 사용하기도 했고, 아란에게 소자양을 부탁하면서 그에게 적잖은 폭약을 맡겼다. 그리고 포달랍궁으로 출발한 만해거사에게도 폭약을 건넸으니 이제 그들에게 남아 있는 건 열 개도 채 되지 않았다.

'나와 담 형님이 한 개씩 갖고, 나머지는 진 당주와 담호에게 나눠 주면 되겠구나. 최소한 한 번 정도는 목숨을 구할 수 있을 테니까.'

그렇게 마무리를 지은 강만리의 상념은 다시 다른 곳으로 옮겨 갔다.

'예추와 군악이 되돌아오려면 얼마나 시간이 걸릴까?'

강만리의 뇌리에 문득 장예추와 화군악 두 사람 모두 사천당문으로 보낸 게 잘못이었나 하는 생각이 들었다.

둘 중 한 명이라도 이곳에 남겨 두었다면 저들을 상대하는 데 있어서 조금은 더 수월해졌을 텐데 하는 아쉬움 때문이었다.

하지만 그는 이내 고개를 휘휘 내저었다.

'아니지. 당문에는 두 사람이 반드시 함께 가야 한다. 그래야 최대한 빠르게 일이 진행될 테니까.'

그들 두 사람이 떠난 지 닷새가 넘었다. 지금쯤이면 사천당문에 당도하여 한창 일을 진행 중이거나 혹은 결과를 내고 서둘러 돌아오는 길일지도 몰랐다.

그래도 그들이 돌아오려면 사흘, 아무리 빨라도 이틀은 족히 더 기다려야 했다.

'이틀이라……'

최대한 빨리 화군악과 장예추가 돌아오는 걸 감안한 이틀이었다. 그동안 무림십왕은 몰라도 최소한 백팔원로의 대부분은 해치워 두어야 했다. 그래야만 정면으로 부딪쳐서 저들을 압살할 수 있었다.

"으음."

상념이 거기까지 이른 강만리는 저도 모르게 눈살을 찌푸리며 얕은 신음을 흘렸다.

어제 있었던 충격적인 패배로 상황은 그의 계획과 정반대로 흘러가고 있었다.

'역시 무림십왕이 문제로군.'

강만리는 입술을 깨물었다.

'황계 사람들의 말에 따르자면 일곱 명이라고 했지, 아마?'

한 사람씩이라면 모르겠지만 저렇게 일곱 명이 똘똘 뭉쳐 싸우게 된다면 천하의 강만리도 감당할 수가 없었다. 그 어떤 계책이라 할지라도 그들을 상대할 수가 없었다.

그러니 따로 떨어뜨려 놓아야 했다. 그게 급선무였다. 하나씩 떨어뜨려 놓은 후 암습이든 암살이든 뭐든 각개격파를 하는 방법이 최선이었다.

그렇다면 어떻게 해야 그들을 떨어뜨려 놓을 수 있을까.

이제 강만리의 상념이 막 그 문제로 접어들 때였다.

"아악!"

폐찰 외곽에서 단말마의 비명이 들려왔다. 강만리는 퍼뜩 눈을 뜨며 벌떡 자리에서 일어났다.

"설마……."

강만리는 지금껏 간과하고 있던 문제 하나를 떠올렸다. 동시에 그의 얼굴이 추악하게 일그러졌다.

"아악!"

비명은 폐찰 전역에 울려 퍼졌다.

대웅전에 모여 있던 황계의 고수들도, 비무를 끝낸 후

내당 경내에서 휴식을 취하고 있던 진재건과 담호도, 홀로 은밀한 공간 속에서 운기조식을 하고 있던 담우천도 모두 똑똑히 들을 수 있었다.

동시에 그들은 자리를 박차고 뛰어나왔다. 강만리도 허둥지둥 방장실을 빠져나와 대웅전 앞으로 달려갔다.

이미 그곳에는 수십 명의 황계 고수들이 모여 있었다. 그들의 숫자가 부족한 걸로 보아 비명이 들려온 쪽으로 최소한 열 명 이상의 황계 고수들이 달려간 모양이었다.

"무슨 일입니까?"

강만리가 다급하게 묻자 섬류백야가 앞으로 나와 빠른 어조로 대답했다.

"비명은 측간 쪽에서 들려왔소. 대웅전에 모여서 차후 대책을 논의하던 중 몇몇 황백이 잠시 측간에 다녀오겠다고 했는데, 뭔가 변고가 일어난 모양이오. 비명을 듣자마자 마검(魔劍)과 구천(九天)이 황백들을 데리고 조사하러 갔으니 곧 무슨 일이 있었는지 알게 될 것이오."

나름대로 침착한 대응이기는 했지만 강만리의 다급한 안색은 변하지 않았다.

"그곳으로 간 자들을 모두 불러 모으십시오! 지금 당장!"

섬류백야를 비롯한 황계의 고수들이 의아한 표정을 지었다. 강만리가 다시 소리쳤다.

"무림십왕의 기습이란 말입니다!"

일순 황계의 고수들 모두 안색이 급변했다.

기습? 그것도 무림십왕의 기습?

황계 고수들의 표정에는 당혹감과 설마하니 하는 의구심이 한데 뒤섞였다. 누군가 소리쳤다.

"퇴각할 때 정말 조심했소이다! 흔적도 다 지웠고……."

하지만 그의 말이 채 끝나기도 전이었다.

"아악!"

"적이다!"

폐찰 외곽에 있던 측간으로 달려갔던 이들의 비명이 연달아 터져 나왔다. 방금 소리쳤던 이의 얼굴이 사색이 되는 동시에 황급히 입을 다물었다.

강만리는 재빨리 소리쳤다.

"다들 퇴각하십쇼! 일전에 알려 드렸던 그 장소! 그 장소에서 다시 봅시다!"

강만리의 명령에 큰 혼란이 일었다.

몇몇 이들은 놈들과 맞서 싸우자고 소리쳤고, 또 몇몇 이들은 측간에 간 모든 동료가 다 죽은 건 아닐 테니까 그들이 돌아올 때까지만이라도 기다리는 게 낫지 않느냐고 제안했다.

강만리는 눈살을 찌푸리며 더욱더 냉랭하게 말했다.

"뭐 그건 여러분 마음대로 하십쇼! 나와 내 동료들은

바로 퇴각할 테니까."

강만리는 주위를 둘러보며 소리쳤다.

"담 형님! 진 당주! 담호! 모두 나와 같이 물러납시다!"

그 말에 담우천과 진재건, 담호는 즉각적으로 반응했다. 황계 고수들 사이에 뒤섞여 있던 그들은 곧바로 지면을 박차고 강만리 곁으로 날아왔다.

강만리는 뒤도 돌아보지 않고 경내를 탈출했다. 담우천들도 바로 그 뒤를 따라 경공술을 펼쳤다. 섬류백야를 비롯한 대부분의 황계 고수들도 그들을 쫓아서 폐찰을 벗어났다.

그러나 몇몇 고수들은 측간으로 간 동료들과의 의리 때문인지 마음을 정하지 못한 표정을 지은 채 그 자리에 남아 있었다.

"너무 야박하지 않은가?"

강만리의 바로 곁에서 함께 안개 속을 질주하던 담우천이 문득 물었다.

"그래도 조금 더 설득해서 저들 모두를 데리고 도망쳐야 했던 게 아닌가 싶은데."

"여유만 있다면 저도 그러고 싶습니다. 한 명, 한 명의 전력이 아까운 상황이니까요."

강만리는 인상을 찡그린 채 말했다.

"하지만 게서 조금만 머뭇거렸어도 우리는 무림십왕과

백팔원로의 포위망에 갇혀 모두 죽었을 겁니다. 그렇게 생각하면 미처 포위망이 완벽하게 펼쳐지기 전, 측간에 들렀다가 우연히 저들과 마주친 바람에 목숨을 잃은 황백의 비명이 외려 우리에게는 행운이었던 셈이고요."

강만리의 말은 사실이었다.

지금 경내를 빠져나와 폐찰의 무너진 담벼락을 뛰어넘고 안개 속을 질주하고 있었지만, 누구 하나 그들의 앞을 가로막고 나서는 이가 없었다.

아무리 짙고 희뿌연 안개가 주변 모든 것을 잠식하여 한 치 앞도 내다볼 수가 없는 상황이었으나 그래도 백팔원로와 청성 지부라면 이 정도 규모의 폐찰 정도는 완벽하게 포위할 수 있었을 것이었다.

"흠."

담우천은 짧은 신음을 흘리며 뒤를 돌아보았다. 그의 절정에 오른 천조감응진력으로도 십여 장 밖의 상황을 내다볼 수가 없었다.

하지만 이미 빠져나온 폐찰에서 연달아 들려오는 비명은 확실히 들을 수 있었다. 그리고 그것은 동료들이 돌아오기를 기다리기 위해 경내에 남아 있던 이들의 비명이었다.

2. 발본색원(拔本塞源)

 누군가 소리쳤던 것처럼 무림십왕과의 전투 끝에 살아남은 여섯 백야와 서른한 명의 황백들은 짙은 안개의 도움을 받아 최대한 자신들의 흔적을 지우면서 폐찰까지 도망쳤다.
 하지만 상대는 어디까지나 당금 무림 최강자인 무림십왕이었고, 그들의 이목을 따돌리기에는 백야와 황백에게는 자신들의 흔적을 지우며 도망칠 시간적 여유가 너무나도 부족했다.
 그리고 무엇보다 아무리 짙은 안개라고 해도 지울 수 없는 한 가지가 있었다.
 "피 냄새가 진동하는군."
 안개비와 안개로 인해 축축하게 젖은 공기는 무겁게 가라앉아 있었다. 무림십왕과 싸우다가 흘린 피 냄새는 그 잔뜩 가라앉은 공기를 따라 무형(無形)의 도주로(逃走路)를 만들고 있었다.
 "그 피 냄새를 쫓아서 놈들을 추격하시구려. 내가 사람들을 불러 모으겠소."
 "중간중간 흔적을 남겨 둘 테니 잘 따라오시구려."
 무림십왕은 마치 평생을 함께 살아온 이들처럼 호흡이 딱딱 맞았다.

서로 생각이 비슷하고 상황과 대국을 살피는 시야가 다르지 않았으니 굳이 논쟁할 이유도 없었고, 또 시간을 잡아먹는 일도 없었다.

 그들은 각자 생각한 대로 움직였다. 놀랍게도 그 각자의 움직임은 서로 부딪치거나 어긋남이 없이 조화를 이뤘고, 그래서 하루도 채 지나지 않아 이곳 폐찰의 위치를 발견할 수가 있었다.

 폐찰에 황계의 고수들이 숨어 있다는 사실을 확인하고도 그들이 무작정 덤벼들지 않은 건 두 가지 이유 때문이었다.

 하나는 백팔원로와 청성 지부, 그리고 비선의 고수들이 아직 모두 모이지 않았다는 것이며 다른 하나는 이 폐찰에 무림오적, 그리고 공적십이마의 또 다른 괴물들까지 있는 건 아닐까 하고 의심했기 때문이었다.

 "아무리 우리라고 해도 무림오적과 공적십이마를 동시에 상대할 수는 없지."

 "물론이오. 비록 이제 서너 명밖에 남지 않았다고는 하지만 어쨌든 공적십이마는 공적십이마이니까."

 정사대전 당시 백도정파의 수많은 고수들을 아무렇지 않게 해치우던 최절정의 마도(魔道) 고수 열두 명. 그들을 가리켜 공적십이마라고 불렀으며, 정사대전이 끝난 후 백도정파는 모든 전력을 기울여 그들을 뒤쫓았다.

그렇게 해서 지난 이십여 년 동안 공적십이마 중 다섯 명의 마두를 죽일 수 있었으니, 귀수구절편, 패왕신도, 귀왕혈부, 태을마군, 단혼마도가 바로 그들이었다.

또한 태극감찰밀의 활약으로 야래향과 빙혼마녀까지 지저갱에 가둘 수 있었으나 화군악의 활약으로 탈출, 이후 그녀들의 행적은 오리무중이 되었다.

거기에 이미 죽은 것으로 알려진 금강철마존과 아직 그 행적을 알 수 없는 철혈권마를 제외한 나머지 세 괴물, 혈천노군 한백겸과 유령신마 갈천노, 무상검마 척전광을 이번에야 겨우 해치울 수 있었다. 그것도 오대가문과 백팔원로와 무림십왕의 연계를 통해서 겨우 이뤄 낸 성과였다.

공적십이마는 언제나 무섭고 두려운 존재였다. 금강철마존이 아니더라도 이 폐찰 안에 철혈권마나 야래향, 빙혼마녀 같은 괴물들이 숨어 있다면, 그래서 담우천을 비롯한 무림오적과 황계의 고수들과 힘을 합친다면…….

역시 아무리 무림십왕이라 할지라도 승리를 장담할 수가 없었다.

그래서였다. 이미 폐찰을 발견하고서도 한나절 가까이 기다려야 했던 이유가.

또 그래서였다. 측간에 들른 황백 중 한 명에게 우연히 기척이 들통난 것도.

황백은 당경 이상의 절정고수였다. 비록 무림십왕에게는 미치지 못한다고 할지라도 구파일방의 당주급 고수들과 충분히 겨룰 실력을 지니고 있었다.

 그러니 무림십왕이라 할지라도 한순간 아차 하는 방심으로 황백에게 자신들의 존재가 발각되는 일이 전무할 리가 없었다.

 어쨌거나 지금은 한 치 앞도 제대로 볼 수 없는 지독한 안개가 천지를 뒤덮고 있었으니까.

 그 한순간의 방심이야말로 천려일실(千慮一失)이었다. 황백은 비명을 질렀고, 그 비명으로 인해 놈들을 일망타진할 기회를 놓치게 되었다.

 측간으로 달려온 십여 명의 황계 고수를 해치우고 때마침 달려온 백팔원로들과 함께 경내로 쳐들어갔을 때, 그곳에는 불과 대여섯 명의 황계 고수들만 남아 있었다. 나머지 사람들은 이미 모두 폐찰에서 도망친 후였다.

 "다 죽이지 마시오! 이곳에 누가 있었는지 알아야 하니까!"

 무림십왕은 그렇게 소리쳤다.

 비록 한 걸음 늦기는 했지만 그래도 최소한 이 폐찰에 무림오적이 모두 있었는지, 공적십이마도 함께 있었는지는 알아야 했다. 그래야만 다음 계획을 세울 수 있으니까.

그러나 남아 있던 황백들은 만만치 않았다.

그들은 목숨을 걸고 싸웠으며, 힘이 부족하다는 게 확실해진 순간 저마다 천령개(天靈蓋)를 내리치거나 혀를 깨물어 자진했다.

단 한 톨의 정보조차 무림십왕에게 넘겨주지 않겠다는 결연한 의지를 내보인 것이었다.

폐찰에 남아 있던 모든 황계의 고수들은 그렇게 자신의 삶을 마감했고, 결국 무림십왕은 아무런 단서도 얻지 못한 채 상황을 정리해야만 했다.

"동쪽으로 도망친 것 같소."

폐찰 담벼락 곳곳의 땅을 일일이 만지면서 확인한 무적전왕 한백남의 말이었다.

"지면을 내디딘 발자국의 간격이나 모양새를 확인해 보건대, 우리가 경계해야 할 만한 실력을 지닌 자는 최대 세 명에 불과하오. 즉, 무림오적 전체가 모여 있었던 것도 아니고 또한 공적십이마 역시 이곳에는 없었다고 생각하오."

무적전왕 한백남의 추론은 예리하고 정확했다. 그저 경공술을 펼치는 와중에 지면에 찍힌 발자국만으로도 강만리 일행의 전력을 확실하게 파악한 것이었다.

"그럼 지금이라도 놈들의 뒤를 쫓는 게 낫지 않겠소?"

강만리 일행이 도주한 지 반 시진 가까이 흐른 뒤였다.

반 시진이라면 최소한 육칠십 리 이상은 도망쳤을 터였다. 안개 속에서 일일이 흔적을 찾으며 그 뒤를 쫓는다는 건 일반적으로 생각한다면 확실히 무리였다.

그러나 십전궁왕의 질문을 받은 무림십왕은 그 누구도 무리라고 생각하지 않는 듯했다.

"발본색원(拔本塞源)의 차원에서라도 그렇게 하는 게 가장 좋을 것 같소."

"하지만 그건 천 선주의 의견을 들어 봐야 하지 않을까요?"

"흐음. 그건 음후의 말이 옳을 듯하오. 어쨌거나 지금은 천 선주의 지시를 받아 움직이는 입장이니 말이오."

"그렇다면 몇 명을 추려서 그들의 뒤를 쫓는 한편, 다른 분들이 천 선주를 찾아가 의견을 묻는 방법은 어떻겠소?"

"한 형의 말에 따르자면 우리가 경계해야 할 수준의 인물이 최대한 세 명이라 했으니, 네다섯 명 정도 추려서 가 보는 것도 나쁘지 않을 것 같구려."

"그럼 이렇게 합시다. 내가 가서 천 선주를 만나겠소. 그동안 두 분이 백팔원로들과 함께 이곳에서 기다리고 계시고, 나머지 네 분이 놈들의 흔적을 뒤쫓는 거요. 어떻소?"

"타당해 보이는 의견이구려. 나는 찬성하오."

"나도 찬성해요."

절대권왕 조동립의 제안에 다른 나머지 십왕들이 모두 찬성했다.

그리하여 조동립이 천소유를 만나러 가는 동안 폐찰에는 패도천왕과 무정검왕이 남아 있기로 결정했다. 강만리들의 뒤는 무적전왕과 소수음후, 신창태왕과 십전궁왕이 추격하게 되었다.

무적전왕 한백남은 다루지 못하는 병기가 없듯이, 하지 못하는 일도 없었다. 심지어 추격에도 일가견이 있었으니, 그야말로 십전만능(十全萬能)의 능력을 지녔다고 해도 과언이 아니었다.

-뭐, 이것저것 다 할 줄은 알지만 실상은 또 그게 모두 엉성하거든.

한백남은 세상 사람들의 추앙에 그런 식으로 농담 삼아 말하며 웃기도 했다.

그 한백남이 선두에 서서 강만리 일행이 남긴 흔적을 따라 뒤를 쫓기 시작했다.

지면에 얼굴이 닿을 정도로 허리를 숙인 채 걷는 한백남의 등에는 십수 개의 온갖 무기들이 마치 공작(孔雀)이 꼬리를 활짝 편 모양으로 매달려 있었다.

한편 뒷짐을 진 채 우아한 발걸음으로 그 뒤를 따르는 소수음후의 등에는 가늘고 긴 악기 한 자루가 칼처럼 매달려 있었다.

십전궁왕의 손에는 대궁(大弓)이 들려 있었고, 등에는 백여 개의 화살이 담긴 화살통을 매고 있었다.

 후미(後尾)에 선 신창태왕은 길고 거대한 장창 한 자루를 지팡이처럼 짚고 걸으며 오연한 눈빛으로 사방을 쓸어 보았다.

 안개는 더욱 짙어지고 있었다.

3. 소수음후(素手音后)

 "호오. 발자국이 사방으로 흩어지는군그래."

 지면을 확인하던 무적전왕 한백남이 허리를 펴며 중얼거렸다. 한백남은 꽤 오랫동안 숙이고 있던 까닭에 허리가 아팠는지 등을 두드리며 혀를 찼다.

 "이런, 이런. 이제 나이가 들었어. 겨우 이 정도로 허리가 끊어질 것처럼 아프다니 말이지."

 "허허. 다들 그럴 나이가 되지 않았소?"

 십전궁왕이 웃으며 주위를 둘러보았다.

 안개는 짙고 사방의 경치는 보이지 않았다. 그저 길의 형태나 주변 공기와 수풀의 우거짐으로 볼 때 산등성이를 넘는 중인 것만 알 수 있었다.

 "무천산(舞天山)일 것이오. 지금 이곳은."

신창태왕이 장창을 지면에 박아 둔 채 말했다.
　"산세가 좋아서 계곡물이 시원해 어렸을 적에는 한여름에 가끔 피서(避暑) 차 찾아오던 산이오."
　신창태왕은 원래 사천 태생으로, 이십 대 중반까지는 사천에 머물다가 이후 산동(山東)으로 넘어가 뭇 창술의 명인들에게 가르침을 받은 것으로 알려져 있었다.
　특히 그의 창법은 산동악가(山東岳家)의 그것과 매우 흡사해서 산동악가는 과거 자신들의 사조(師祖)가 신창태왕에게 창술을 가르쳤다고 주장하기도 했다.
　"무천산이라……. 인근 마을 사람들이 하늘을 향해 제사를 올리는 산인 모양이겠구려."
　십전궁왕은 안개에 가려 보이지 않는 산세를 감상이라도 하듯 주위를 둘러보며 그렇게 말했다.
　"그나저나 사방으로 흩어졌다니, 그럼 이제 어느 쪽의 뒤를 쫓아야 하나요?"
　소수음후가 화제를 바꿨다. 허리를 두드리던 무적전왕 한백남이 백발의 머리를 긁적이며 대꾸했다.
　"글쎄올시다. 아무래도 무림오적이라고 추정되는 이들의 뒤를 쫓아야 할 것 같지 않겠소?"
　십전궁왕 이겸수가 고개를 끄덕였다.
　"나는 한 형의 의견에 찬성하오. 황계의 무리야 나중에 처리해도 되니까 말이오."

안개 속의 계곡가 〈141〉

신창태왕 송규염도 고개를 끄덕이며 동의했다. 소수음후가 우아하게 미소를 지으며 말했다.

"이 늙은이는 그저 오라버니들의 말씀을 따를 뿐이지요."

"허허. 늙은이라니, 그리 말하면 안 되오. 음후는 아직 젊고 아름답다오. 그저 예전에 비해 훨씬 더 우아하고 고상해졌을 뿐이오."

"옳은 말씀이오. 지금도 음후를 보면 여전히 가슴이 두근거린다오."

노인들의 짓궂은 농에 노파가 손으로 입을 가리며 웃었다. 물론 남들이 보기에는 남우세스러운 광경일 수도 있었지만 그래도 아직 그들의 마음은 청춘이었다.

아니, 정확하게 말하자면 그들은 삼사십 년 전의 예전 모습으로 서로를 바라보는 것이었다. 그래야만 자신 또한 당시의 젊고 건강하고 화려하고 아름다웠던 그때 그 모습으로 돌아갈 수 있었으니까.

하지만 현실은 여전히 끊어질 듯 아픈 허리를 두드리면서 강만리들이 남긴 발자국의 흔적을 뒤쫓는 노인일 뿐이었고, 무적전왕 한백남은 끄응, 앓는 소리를 내면서 오른쪽으로 방향을 틀어 산등성이를 넘었다.

쏴아아.

산등성이를 넘자 거친 물줄기 흐르는 소리가 청명하게

들려왔다. 안개비와 안개에 뒤덮인 후덥지근한 칠월의 무더운 날씨, 빠르게 흐르는 계곡물의 물소리가 유난히 시원하게 쏟아졌다.

"발이나 담그고 갑시다."

십전궁왕 이겸수가 입맛을 다시며 먼저 말을 꺼냈다.

"조금 늦어진다고 해서 놈들이 허공으로 사라질 것도 아니고, 무엇보다 후발대가 우리를 따라잡을 시간을 줘야 하니까 말이오."

빠르게 떠올린 것치고는 그리 궁색하지 않은 변명이었다. 노인들은 헛기침을 흘리며 고개를 끄덕였다.

"확실히 백팔원로가 따라올 시간은 줘야 하니까 말이오."

"뭐, 천 선주가 어떤 지시를 내렸는지도 알아야 하지 않겠소? 만에 하나 무림오적의 뒤를 쫓을 필요가 없다는 지시가 있었다면, 우리가 굳이 이렇게 고생할 필요도 없고 말이오."

"흠. 그렇다면 천 선주를 만나러 갔던 조 형이 돌아오기를 기다리는 것도 나쁘지 않을 것 같구려. 그동안 이곳에서 발을 담그고 말이오."

어디까지나 발을 담그는 게 이유가 아니라 후발대를 기다리는 게 목적인 것이다. 발은 담그는 건 그 기다리는 시간을 때울 겸 할 뿐이었다.

안개 속의 계곡가 〈143〉

무림십왕의 의견은 일치했다.

요 며칠 쉬지 않고 쏟아지는 안개비를 속에서 밤새워 폐찰 인근 수풀에 몸을 숨기고 있던 차였다. 황계의 고수들과 싸움을 벌이느라 흘렸던 땀과 그들이 묻힌 피가 내내 불쾌하던 참이었다.

거기에다가 끈적이는 습기, 무더운 날씨 속에서 그런 몸으로 예까지 달려왔다. 그야말로 온몸에서 장(醬) 썩는 냄새가 나서 견딜 수가 없었다.

특히 우아하고 고상한 소수음후는 더더욱 참을 수가 없었다. 아무리 나이를 먹었다고는 하지만 여전히 그녀는 여인이었고, 제 몸에서 나는 더러운 냄새를 다른 노인네들이 맡을 수 있다는 건 상상만 해도 소름이 돋고 몸부림 칠 일이었다.

결국 언제나처럼 그렇게 의견이 일치한 네 명의 무림십왕은 곧장 물소리가 들리는 계곡으로 발길을 돌렸다.

안개비라도 며칠 내내 쏟아진 까닭이었을까. 계곡물은 상당히 불었고 빠르게 흘렀다.

하지만 무림십왕에게 있어서 문제가 될 건 전혀 없었다. 계곡에 당도한 그들은 곧장 계곡물에 발을 담갔다. 얼음처럼 차가운 물줄기에 발이 얼어붙는 기분이었다.

"어허, 시원하다!"

무적전왕 한백남은 그야말로 나이 든 티를 내면서 좀

더 계곡물 안쪽으로 걸어 들어갔다. 금세 그의 하반신이 격류에 잠겼다.

세찬 격류가 금방이라도 그를 휩쓸 것만 같았지만 한백남의 늙은 두 다리는 마치 쇠로 만든 것처럼 계곡 바닥을 디딘 채 우뚝 서 있었다.

한백남은 그 상태로 멱을 감듯 상체에 물을 뿌리기 시작했다. 심지어 머리까지 감았다. 그 모습을 지켜보던 다른 노인들도 더는 참지 못하겠다는 듯이 계곡물에 뛰어들어갔다.

잠시 망설이던 소수음후는 계곡을 따라 거슬러 올라갔다. 아무리 늙었다고는 하지만 사내들과 함께 멱을 감을 수는 없다고 생각한 것이었다.

계곡을 따라서 다른 무림십왕이 보이지 않는 곳까지 이십여 장 정도 거슬러 올라간 소수음후는 악기를 내려놓고 겉옷을 먼저 깨끗하게 빤 다음, 비녀를 풀어 길게 머리를 늘어뜨린 채 속옷을 입은 그대로 물속에 몸을 담갔다.

"아휴! 차가워라."

절로 목소리가 흘러나왔다.

마치 한겨울 호수, 꽁꽁 언 얼음을 깨고 그 물속에 뛰어든 것처럼 온몸에 소름이 돋았다. 전신이 부들부들 떨리며 머릿속까지 짜르르 울리는 것이 그 끈적거리던 무더위가 단숨에 사라졌다.

그녀는 백발이 성성했지만 여전히 풍성한 머리카락을 조심스레 감기 시작했다.

 사실 백발만 아니라면, 그리고 얼굴과 목 곳곳에 나이 테처럼 새겨진 주름만 아니라면 아직도 그녀는 삼십 대로 보이는 몸매를 유지하고 있었다.

 소수(素手)라는 별호대로 여전히 그녀의 손은 투명할 정도로 하얬다. 피부는 미끈했고 젖가슴도 처지지 않았다. 허리는 잘록했고 엉덩이는 펑퍼짐했다.

 물론 달거리가 끝난 지 십수 년이 지났지만 지금껏 아이를 낳은 적이 없는 그곳은 아직도 사내의 물건을 받아들이기에 충분히 미끈거리고 좁았다.

 물론 그녀는 처녀가 아니었다. 소리와 음악을 통해서 사람의 감정을 흔들고 부수고 이용하려면 그 감정의 폭과 깊이가 넓고 깊어야 했다.

 시전자의 오욕칠정(五慾七情)의 폭이 넓고 깊이가 깊을수록, 그 소리와 음악은 보다 더 강하고 자극적으로 상대의 감정을 후벼팔 수 있었다.

 그래서 소수음후와 같은 음공(音功)을 펼치는 이들은 사랑도 해 보고, 이별도 해 봐야 했다. 물론 정사(情事)는 필수였다. 열락(悅樂)의 감정만큼 과격하고 흥분되는 건 그리 많지 않았으니까.

 게다가 젊은 시절의 그녀는 상당히 아름다운 미인이었

고, 당연히 그녀를 추종하는 협객들이 즐비했다. 심지어 마흔 살이 넘어서도 그녀를 쫓아다니는 사내들로 곤란에 처할 정도였다.

하지만 쉰 살이 넘고, 이제 환갑이 지나자 더 이상 젊고 잘생긴 사내들이 보이지 않게 되었다.

아직도 그녀는 여자였고 여자의 기능을 충분히 할 수 있었으며, 또 여인의 욕구가 늘 충만했음에도 불구하고 누구도 그녀를 찾지 않았다.

하기야 나이 든 노인네들도 능력만 있으면 얼마든지 젊고 탱탱하며 아름다운 계집들의 몸을 탐할 수 있었다. 당연히 소수음후를 찾는 사내가 없을 수밖에 없었다.

'아직도 이렇게 젊은데 말이야.'

그녀는 조금 전 무림십왕과 나눴던 농을 떠올리며 정성들여 몸을 닦았다.

'칫. 마음이 두근거리면 뭔가 수작을 부리란 말이지!'

그렇게 내심 투덜거리던 그녀의 손가락이 하복부 근처에서 꼼지락거리고 있을 때였다. 여전히 희뿌연 안개 저편으로 문득 인기척이 느껴졌다.

'무림오적?'

소수음후는 깜짝 놀라며 황급히 한 손으로 가슴을 가리고 다른 한 손으로는 기척이 느껴진 방향을 가리켰다. 금방이라도 그녀의 손가락 끝에서 한없이 매섭고 날카로운

안개 속의 계곡가 〈147〉

지풍이 뿜어질 것 같은 기세였다.

그때였다.

"거기…… 누구 계세요?"

소수음후로부터 그리 멀리 떨어져 있지 않은 계곡가에서 젊은 사내의 목소리가 들려왔다. 일순 그녀의 가느다란 눈썹이 묘하게 꿈틀거렸다.

'아직 약관도 안 된 아이 같은데?'

무림오적 중 그런 애송이가 있다는 소리는 듣지 못했다. 또 지금껏 상대한 황계 고수들 대부분 사십 대 이후의 장년(壯年), 노년(老年)의 고수들뿐이었다.

즉, 느닷없이 산중 계곡가에 나타난 이 어린 사내는 그녀가 뒤쫓고 있는 자들이 아닐 가능성이 높았다.

그녀가 아무 대답도 하지 않아서였을까. 어린 사내의 살짝 떨리는 목소리가 그녀에게 쏟아졌다.

"귀, 귀신이라면 물러가고 사람이라면 대답하라!"

'귀신?'

소수음후는 저도 모르게 피식 미소를 머금었다.

4. 음후가 돌아온다면

아무래도 이 무천산에서 살아가는 화전꾼의 자식인 모

양이었다. 화전꾼이 아니더라도 사냥꾼이나 약초꾼, 나무꾼의 자식일 수도 있었다.

어쨌든 한결 마음이 풀린 그녀는 느긋한 어조로 물었다.

"귀신이라면 어찌할 생각이더냐?"

건너편의 기척이 움찔거렸다. 잠시 무언가를 생각하는 눈치이더니 이내 대답이 들려왔다.

"귀신은 아니신 것 같네요."

소수음후는 고개를 갸웃거리며 재차 물었다.

"왜 그리 생각하느냐?"

"귀신이라면 그렇게 물어볼 리도 없거니와 그렇게 물어볼 시간에 다짜고짜 덤벼들었을 테니까요."

소수음후는 어린 사내의 똑똑한 대답이 마음에 들었다. 그녀는 빙긋 웃으며 말했다.

"그래, 맞다. 나는 사람이란다."

"어쩌자고 산을 오르셨대요? 평생 산을 타던 사람들도 이렇게 짙은 안개 속은 절대 오가지 않는데 말이에요."

"그러니까 말이구나. 어쩌자고 이 산을 올랐는지 모르겠구나."

소수음후는 문득 유쾌한 기분이 들어서 이 어린 사내와 가벼운 대화를 나누기 시작했다. 어린 사내는 걱정스럽다는 듯이 말했다.

"게다가 지금 계곡의 물이 상당히 불어나서 위험하거

든요. 얼른 물에서 나오세요. 제가 뒤돌아보고 있을 테니까요."

또다시 그녀의 입가에 미소가 매달렸다.

아아, 이 얼마나 순수하고 순진하며 순박한 산골 아이란 말인가.

그러니까 저 아이는 소수음후의 목소리만 듣고 제 할머니를 떠올렸을지도 몰랐다. 그녀가 아직도 이렇게 탱탱하고 매끈하며 음욕으로 가득 차 있는 몸뚱어리를 지니고 있는지 전혀 모른 채, 그저 할머니를 위하는 순수한 마음으로 저리 말하고 있는 것이리라.

그런 생각을 하는 동안 저도 모르게 소수음후의 아랫도리가 달아오르기 시작했다.

미끈하고 끈적한 무언가가 그 깊고 깊은 곳에서 흘러나와 거친 격랑과 함께 하류로 흘러 내려갔다. 그 이십여 장 떨어진 하류에는 무림십왕의 늙은이들이 아무것도 모른 채 멱을 감고 있으리라.

소수음후의 표정이 한순간 달라졌다.

그녀는 뜨거워진 눈빛으로 계곡가의 기척을 훑으며 천천히 그곳으로 발길을 옮겼다. 첨벙거리는 물소리가 유난히 크게 울려 퍼졌다.

그녀의 예상이 맞았다. 그녀가 물길을 헤치고 나온 그 자리에는 건장한 체격이지만 아직 어리고 순수한 사내가 뒤돌아 서 있었다.

그녀는 일부러 소리 내어 걸었다. 그리고 소리 내어 머리를 묶고 비녀를 꽂았다. 그리고 또 소리 내어 옷을 집으려다가 비틀거리며 넘어졌다.

"아얏!"

그녀의 입에서 짧은 신음이 흘러나왔다. 동시에 사내가 깜짝 놀라며 뒤돌아보았다.

"무슨 일이세…… 헉!"

어린 사내는 걱정스러운 표정 가득 그녀를 돌아봤다가 이내 눈을 휘둥그레 뜨며 헛바람을 집어삼켰다. 바로 자신의 코앞, 한 명의 여인이 가랑이를 벌린 채 쓰러져 있는 탓이었다.

새하얀 천은 물에 흠뻑 젖어 그 구실을 제대로 하지 못했고, 그 바람에 검은 수풀의 형태와 모습이 고스란히 사내의 눈에 들어온 까닭이었다.

천만다행이라고나 할까, 아니면 정말 아쉬운 상황이라고나 할까. 짙은 안개 때문에 그 형상은 희뿌옇게 보였고, 그 바람에 소수음후의 순간적인 꿍꿍이는 제대로 먹히지 않았다.

"아야."

소수음후는 일부러 가랑이를 크게 벌리며 엄살을 부렸다.

"넘어지는 바람에 발이 삔 것 같구나."

사내는 황급히 손을 뻗어 그녀의 손목을 잡으며 말했다.

"제가 도와 드릴게요."

"고마워, 젊은…… 음!"

웃으며 사내에게 자신의 새하얀 손목을 맡기는 순간, 소수음후의 얼굴이 순간적으로 구겨졌다. 사내의 손가락이 정확하게 그녀의 손목 어림에 위치한 마혈(麻穴)을 짚은 까닭이었다. 동시에 그녀의 온몸이 마비되어 조금도 움직일 수가 없게 되었다.

"미안해요, 할머니."

어린 사내는 순수한 웃음을 띠며 사과했다.

"하지만 이런 방법이 아니고서는 어린 제가 어떻게 천하의 소수음후를 제압할 수 있겠어요?"

일순 소수음후의 눈빛이 파르르 떨렸다.

내가 누구인지 알고 있던 게냐?

마치 그렇게 묻는 듯한 눈빛이었다.

또 어린 사내는 그 눈빛의 의미를 이해했다는 듯이 고개를 끄덕이며 말했다.

"네. 계속해서 뒤를 밟으며 기다리고 있었거든요. 무림십왕의 누군가가 일행에게서 떨어져 나가기를 말이에요."

그 말을 듣는 순간 소수음후의 머릿속을 관통하는 한

단어가 있었다.

'무림오적!'

동시에 그녀의 눈빛이 급격하게 흔들렸다.

'뒤를 밟다니? 설마 외려 우리가 뒤를 잡혔다는 말인가? 아니, 언제부터?'

의문이 샘솟았다.

하지만 어린 사내는 그녀의 머릿속을 가득 채운 의문까지는 파악하지 못한 듯 제 할 말만 늘어놓고 있었다.

"정면으로 싸우지 못한 점 죄송하게 생각해요. 하지만 어쨌든 이것도 승부고, 실력이라고 배웠거든요."

그때였다.

"말이 많구나."

묵직한 음성이 조금 떨어진 곳에서 들리나 싶더니 이내 한 명의 기척이 소수음후의 곁으로 내려섰다.

"죄송합니다, 아버님."

어린 사내가 자리에서 일어나며 사과했다. 새로 나타난 자가 무덤덤하게 말했다.

"이미 제압한 자에게 자신의 이야기를 늘어놓는 것처럼 어리석고 위험한 일이 없다. 특별히 얻어 낼 게 없다면 제압하자마자 바로 죽여라. 또 그게 상대에게 은혜를 베푸는 일이다. 알겠느냐?"

"명심하겠습니다, 아버님."

"그래. 어쨌든 잘했다."

사내는 아들의 어깨를 두드린 다음 자리에 쪼그려 앉았다. 그제야 사내의 얼굴이 소수음후의 시야에 들어왔다. 일순 소수음후의 눈동자가 커졌다.

'사선행수 담우천!'

정사대전 당시 두어 번 마주친 얼굴이었다. 언제나 무심하고 냉정하게 가라앉아서 도대체 무슨 생각을 하는지 도저히 알 수 없었던 냉혈인(冷血人).

'그렇구나. 그에게 아들이 있었구나!'

소수음후는 그제야 어린 사내의 정체를 알 수 있었다. 그리고 그 어린 사내가 어떻게 전혀 눈치채지 못하는 속도로 빠르게 자신의 마혈을 점할 수 있었는지 이해하게 되었다.

'호랑이가 호랑이를 낳은 게로구나.'

문득 소수음후의 뇌리로 자신이 딸을 낳았으면 어땠을까, 하는 생각이 스쳐 지나갔다. 그리고 그게 그녀의 마지막 생각이었다.

단숨에 그녀의 사혈을 짚어 목숨을 빼앗은 사내 담우천은 천천히 몸을 일으켜 세웠다. 그러고는 공손히 서 있는 아들 담호를 돌아보며 입을 열었다.

"얼른 이 시신과 옷가지를 치우자. 아, 저기 저 악기도 치워 버리고. 남은 무림십왕이 그녀를 쉽게 발견하지 못하도록 말이다."

"네, 아버님."

두 사람은 이내 시신과 옷가지, 악기를 들고 안개 속으로 사라졌다.

이십여 장 떨어진 상류에서 그런 사고가 일어난 줄도 모른 채 계곡물에서 나온 세 명의 무림십왕은 열양진기(熱陽眞氣)를 이용하여 젖은 몸과 옷을 말리는 중이었다.

그들은 상류로 올라가서 생각보다 오랫동안 모습을 보이지 않는 소수음후를 기다리며 두런두런 대화를 나눴다.

"슬슬 돌아올 때가 되었는데 말이오."

"원래 여인이라는 게 다 그렇게 늦는 법이오. 분칠도 그렇고 옷 단장도 그렇고, 또 목욕할 때도 우리 사내들보다 몇 배는 더 느리지 않소?"

"허허. 그거야 젊은 여인들이나 그런 게지요."

"거 무슨 소리. 나이가 들어도 여인들은 다 똑같다오."

"맞는 말씀이오. 게다가 음후는 아직도 자신이 젊고 아름답다고 생각하고 있지 않소? 모르기는 몰라도 마음만 먹는다면 이십 대 젊은 사내들도 마음껏 취할 수 있다는 자신감이 철철 넘쳐흐를 것이오."

"허어, 이거 두 분 모두 너무들 한 것 아니오? 그래도

안개 속의 계곡가 〈155〉

같은 십왕 중 한 명을 두고 이렇게 입방아를 찧다니 말이오."

"에이, 그러는 송 형은 이곳으로 오는 동안 음후의 엉덩이를 몇 번이나 훔쳐보지 않았소? 그걸 내가 모를 거라고 생각했소?"

"아아…… 그, 그거야 워낙 음후가 나이답지 않게 엉덩이를 살랑거리며 걷는 바람에…… 설마 나를 유혹하나 싶어서 바라보았을 뿐이오."

"어이쿠! 송 형도 참. 설마 음후가 아무리 남자가 없다 한들 송 형을 유혹하려 했겠소? 하려면 나를 했겠지."

"이런, 이런. 이 형의 자존감이 그야말로 하늘을 찌르는 것 같구려. 떡 줄 사람은 생각도 하지 않는데 말이오."

"음? 그럼 나중에 음후가 돌아오면 과연 누가 더 마음에 드는지, 행여라도 유혹하려 든다면 누굴 유혹할 것인지 물어보기로 합시다."

"좋소. 어찌 내가 이 형에게 뒤지겠소? 진 자는 이긴 자에게 일 년 동안 술을 사는 조건으로 내기합시다."

"좋소. 한 형이 보증인이 되시구려."

"허허허. 그럽시다. 누가 이기든 지든 일 년 내내 공짜 술을 얻어먹을 수 있으니 말이오."

노인들은 껄껄껄 웃으며 즐거워했다.

사내들이란 다 그런 법이었다.

어리거나 젊거나 나이가 들거나 모든 대화의 끝은 음담 패설(淫談悖說)로 귀결되었다. 그리고 나잇값 못한다는 소리를 들을 정도의 치졸한 내기를 가지고도 떠들썩하게 웃고 즐길 수 있는 것 또한 사내들의 본질(本質)이었다.

 그렇게 웃고 떠들던 세 명의 노인, 무적전왕과 십전궁왕, 신창태왕이 아무래도 이상하다는 생각에 표정이 굳어진 건 소수음후가 죽은 지 약 일각이라는 시간이 지난 뒤의 일이었다.

6장.
신산귀모(神算鬼謀)

"사람들이 다들 아정에게는 도련님이라고 부르고
담호에게는 소장주라고 불러요."
막 그녀와 뜨거운 정사를 나눈 후 허탈감에 빠져 있던
강만리는 게슴츠레 눈을 뜨며 물었다.
"그게 왜?"
"아휴. 그게 왜라니요? 어디까지나 이 화평장은
당신과 제가 세운 거잖아요? 그러니까 우리가 주인이고
다음 주인은 당연히 우리 아정이 되어야죠.
그런데 지금 보면 꼭 담호를
다음 주인으로 모실 것 같으니까요."

신산귀모(神算鬼謀)

1. 세상에서 가장 간악무도(奸惡無道)한 자

"안 돼요!"

절대권왕 조동립의 이야기를 듣자마자 천소유는 깜짝 놀라며 소리쳤다.

"절대 안 돼요! 얼른 사람을 보내서 추적을 멈추라고 전하세요!"

"명을 따르겠습니다."

심복들이 대답하는 가운데 조동립은 고개를 갸웃거리며 그녀에게 물었다.

"무림오적의 뒤를 추격하는 게 왜 안 되는지 이유를 말씀해 주실 수 있겠소?"

"그야 그들이 판 함정이기 때문이죠."

"함정?"

"네. 강만리라는 자가 얼마나 교활한지, 그의 계략이 얼마나 신산귀모(神算鬼謀)한 지는 직접 겪어 본 사람이 아니면 절대 알 수 없어요."

천소유는 서둘러 방을 빠져나가는 심복들의 뒷모습을 지켜보며 말을 이어 나갔다.

"아마도 폐찰의 대패(大敗)부터 미리 준비한 계획 중 일부였을 겁니다."

조동립은 믿기 힘들다는 눈빛으로 그녀를 바라보며 고개를 갸우뚱거렸다.

"흐음. 하지만 미리 준비한 계획이라고 하기에는 황계의 고수들이 너무나도 방심하고 있었는데 말이오."

"적을 속이기 위해서 아군부터 속였겠죠."

천소유는 당연하다는 듯이 말했다. 조동립은 문득 너털웃음을 흘리며 대꾸했다.

"허허허. 아무래도 천 선주는 강만리라는 자를 너무 과대평가하고 있는 것 같구려."

"그렇게 보이시나요?"

"그게 아니라면 자라 보고 놀란 가슴 솥뚜껑 보고도 놀라는 격일 수도 있고, 또 산 사마중달이 죽은 제갈공명에게 놀라 도망치는 격일 수도 있겠고."

"그건 조 노사(老師)께서 정말 강만리라는 자를 모르셔서 하시는 말씀이십니다."

천소유가 한숨을 내쉬며 고개를 설레설레 흔들자 조동립은 살짝 눈썹을 치켜뜨며 물었다.

"그렇다면 어제 우리가 황계 고수 이십여 명을 해치운 것도 모두 그의 계획이었다는 말이오?"

"그건 아닌 것 같아요."

천소유는 그 부분에 대해서는 이미 생각해 본 적이 있다는 듯이 쉬지 않고 말을 이었다.

"아마도 그는 무림십왕이 직접 전선에 등장할 줄 몰랐을 거예요. 전선이라고는 하더라도 사실 엊그제까지만 하더라도 청성 지부 무사들만 있었으니까요."

그녀의 말에 조동립은 눈빛을 반짝이며 귀를 기울였다.

"하지만 무림십왕에게 황계 고수 이십여 명이 목숨을 잃고 난 뒤에야 비로소 자신의 실수를 깨달았겠죠. 그리고 무림십왕이 한데 모여 있는 한 절대 이길 수 없다고 생각했을 테고요."

"뭐, 그건 당연한 말 아니오? 무림십왕 중 일곱이 하나도 뭉쳤는데 세상 그 누가 감히 덤벼들 수 있겠소?"

"그러니까요. 그래서 기존 계획을 수정하고 새롭게 계략을 꾸민 거죠. 무림십왕을 뿔뿔이 흩어 놓을 수 있는 방법을 말이에요."

"훗."

조동립이 코웃음을 쳤다.

"어리석기 그지없는 자로군그래. 우리가 그런 계략에 속아서 뿔뿔이 흩어질 리가…… 음?"

당당하게 말하던 조동립의 안색이 급변했다. 천소유가 그의 얼굴을 바라보며 고개를 끄덕였다.

"그래요. 마치 지금처럼 말이죠."

아닌 게 아니라 지금 무림십왕은 뿔뿔이 흩어져 있었다. 절대권왕 조동립은 천소유에게 보고하기 위해서 이곳에 와 있었고, 패도천왕 왕두균과 무정검왕 목부강은 백팔원로와 함께 폐찰에 남아 있었다.

그리고 나머지 넷. 소수음후와 신창태왕, 십전궁왕과 무적전왕은 도주한 강만리 일당의 뒤를 쫓는 중이었다.

"서, 설마…… 놈이 여기까지 생각했다는 것이오? 여기까지 생각해서 일부러 폐찰에 있던 황계 고수들을 죽음으로 몰아넣었다는 것이오?"

"그럴 겁니다. 강만리의 그 잔악하고 간악무도(奸惡無道)한 성격을 보면 능히 그럴 수 있는 자이니까요."

"허어, 그 얼마나 잔인한 인물인고?"

"그래요. 정말 잔인한 자죠."

천소유는 고개를 끄덕이며 말했다. 입술을 깨문 채 고개를 휘휘 내젓던 조동립은 그래도, 하는 표정을 지으며 재차 입을 열었다.

"비록 뿔뿔이 흩어졌다지만 어쨌든 네 명의 십왕이 놈들의 뒤를 쫓고 있소. 무림십왕 중 네 명이라면 놈들을 상대하기에 충분하지 않겠소?"

"물론 그들이 함께 있다면 말이죠."

"설마 그들 네 명도 역시……."

"이미 일곱에서 넷으로 수를 줄였으니까요. 넷에서 둘로, 다시 하나로 줄이는 계략까지 미리 다 준비했을 겁니다."

천소유는 당연하다는 투로 말했다.

"무림십왕 넷이라면 아무리 무림오적이라고 해도 힘들겠죠. 하지만 둘이라면, 한 분이라면…… 그때는 반대로 아무리 무림십왕이라 할지라도 무림오적과 싸워 이길 리가 없습니다. 그리고 강만리는 반드시 그런 장면을 만들어 낼 거예요. 그렇게 계획을 세웠고, 또 그런 함정을 파 두었으니까요. 그러니 강만리 일당을 뒤쫓으면 안 된다는 게 바로 제 결론이었고요."

"으음."

천소유가 빠른 말투로 내뱉는 이야기가 끝나자 조동립은 심각한 표정을 지은 채 신음을 흘렸다.

물론 그녀의 말 전부를 믿는 건 아니었다. 하지만 믿지 않을 수도 없었다.

그녀의 말처럼 강만리가 그렇게 잔인하고 간악한 계략을 꾸미는 모사(謀士)가 아니었더라면 지금까지 오대가문과 태극천맹을 상대로 승승장구하지 못했을 테니까.

잠시 생각하던 조동립이 다시 입을 열었다.

"선주의 말이 맞든 틀리든 강만리 일당을 뒤쫓는 동료들을 퇴각시키는 게 옳다고 생각하오."

"제 말은 절대 틀리지 않아요."

"그러니까 말이오. 선주의 말이 맞는다면 동료들을 함정에서 구출하는 일이 될 것이고, 설령 선주의 말이 틀렸다고 할지라도 강만리 일당에게 잠시 삶의 유예를 주게 되는 일일 뿐이니까 말이오. 그러니 확실히 한 형을 비롯한 네 명에게 연락하여 퇴각하라고 하는 게 옳다고 생각하오."

"제 뜻을 이해해 주셔서 감사합니다."

천소유는 살짝 고개를 까닥여 인사했다. 조동립이 살짝 불안한 표정을 지으며 말했다.

"어쨌든 그 네 명이 뿔뿔이 흩어지기 전에 최대한 빨리 천 선주의 연락이 그들에게 닿았으면 좋겠구려."

천소유도 긴장한 얼굴로 말을 받았다.

"무적검왕과 패도천왕의 능력을 믿어야겠죠."

"허어. 그럼 이 늙은이도 예서 가만 앉아 있을 수 없겠구려. 지금이라도 폐찰로 달려가면 천 선주의 심복들과 그리 차이 나지 않게 도착할 테니까."

"그럼 잘 부탁드리겠습니다."

천소유의 인사를 받으며 절대권왕 조동립은 방을 나섰다.

홀로 남게 된 천소유가 입술을 질겅질겅 씹었다. 그녀의 뇌리에 그 멧돼지처럼 생긴 외모와는 달리 교활하고 영악하기 그지없는 강만리의 얼굴이 떠올랐다.

'간악하기 그지없는 자.'

천소유는 속으로 중얼거렸다.

동료들의 죽음을 미끼로 함정을 파다니. 세상에 그 어떤 모사가 그런 천벌을 받을 짓을 할 수 있을까. 만약 존재한다면 오로지 강만리뿐이다.

그게 강만리를 바라보는 천소유의 시선이었다.

물론 그녀는 자신의 추측이 틀렸다는 사실을 알지 못하고 있었다. 아무리 강만리가 교활하고 잔인무도한 인간이라 할지라도 동료들의 죽음을 미끼로 내거는 인물은 아니었으니까.

2. 목욕이라도 하고 싶어요

'무림십왕이 모여 있다면 절대 이길 수 없다. 이기려면

그들이 따로 떨어져 있는 순간을 노리는 수밖에 없다.'

그게 강만리의 생각이었다.

하지만 그들을 어떻게 분리할 수 있을까. 애당초 무림십왕 역시 무림오적을, 그리고 혹시 있을지 모르는 공적십이마를 경계하여 함께 뭉쳐서 움직이고 있었다.

그런 그들이 개인행동을 하게 만들려면 도대체 어떤 상황이 되어야 할까.

강만리는 폐찰을 빠져나와 정신없이 도주하는 내내 그런 생각으로 골머리를 썩이고 있었다.

그러던 한순간 등 뒤에서 헉헉거리는 소리가 들려왔다. 담호였다. 강만리와 담우천이 전력을 다해 펼치는 경공술을 따라잡느라 담호의 숨이 턱까지 차오른 모양이었다.

강만리는 그제야 속도를 늦추며 말했다.

"잠시만 쉬어 갑시다. 조금 힘이 드는군요."

그의 말에 겨우 숨을 돌릴 수 있게 된 담호는 살짝 얼굴을 붉히며 강만리에게 고개를 숙였다.

"고맙습니다, 강 숙부."

"너 때문에 쉬는 게 아니거든. 아직 쫓아오지 못한 황백들 때문이지."

아닌 게 아니라 진재건과 네 명의 백야는 바로 그들 뒤를 따라서 달려오고 있었지만 황백들과는 제법 거리가 벌어진 상태였다.

그들이 이곳까지 달려와 한숨을 돌린 후 다시 출발하기까지는 최소한 일각 정도의 시간이 필요했다.

강만리는 나무에 등을 기댄 채 상념에 잠겼다. 무림십왕이 각자 행동하려면 도대체 어떤 상황을 만들어 내야 하는 걸까 하는 문제를 해결하기 위한 상념이었다.

그렇게 지그시 눈을 감고 팔짱을 낀 채 상념에 잠기려던 강만리의 귓전으로 문득 진재건과 담호가 낮은 목소리로 두런두런 대화를 나누는 소리가 들려왔다.

담호가 조용한 어른들의 눈치를 살피며 진재건에게 소곤거리듯 질문을 던졌다.

"그들이 뒤쫓아 올까요?"

"쫓아오겠지요."

진재건은 당연하다는 듯이 말했다.

"어떤 방법을 사용했는지는 모르겠지만 어쨌든 우리가 숨어 있던 폐찰까지 쫓아오지 않았습니까? 당연히 도주하는 우리를 끝까지 쫓아올 겁니다. 우리를 몰살시키기에는 지금보다 더 좋은 기회가 없을 테니까요."

"그럼 이렇게 마냥 시간을 보내고 있으면 안 되잖아요?"

"그러니까 지금 강 장주께서 묘안을 궁리하시는 중이잖습니까? 우리는 그저 강 장주께서 좋은 묘책을 떠올릴 때까지 가만히 앉아 기다리면서 체력을 비축하면 되는 겁니다, 소장주."

본의 아니게 그들의 대화를 엿듣고 있던 강만리는 저도 모르게 피식 웃었다.

'만약 우리 화평장이 강호의 문파였다면 참 곤란한 상황이 되었을 게다.'

언제부터인가 진재건은 담호를 가리켜 꼬박꼬박 소장주라고 불렀다.

그건 진재건뿐만이 아니었다. 일노나 양위를 비롯한 화평장 모든 사람이 담호를 소장주로 인식하고 있었다.

물론 담호의 부친인 담우천 역시 화평장의 다섯 장주 중 한 명이었으니 담호를 두고 소장주라고 부르는 건 그리 틀린 호칭이 아닐 수도 있었다.

하지만 강만리의 생각처럼 만약 화평장이 강호의 문파였다면 상황은 달라진다.

어디까지나 화평장의 진정한 장주는 강만리였고, 그러니 소장주로 불릴 이는 의당(宜當) 강만리의 아들, 강정이었다.

사천당문이나 남궁세가를 생각했을 때, 소문주나 소가주는 당연히 문주나 가주의 장남에게만 부를 수 있는 호칭이었다. 문주나 가주 형제들의 자식을 두고 소문주나 소가주라고 부를 수는 없는 법이었다.

그렇게 생각하자면 확실히 진재건이나 다른 화평장 사람들이 담호를 두고 소장주라고 하는 건 화평장과 강만리에 대한 반역에 가까운 일이라 할 수 있었다.

그러나 심지어 강만리조차 담호를 화평장의 소장주라고 생각하고 있기에 정작 아무런 문제가 발생하지 않았다.

물론 사소한 문제조차 없었던 건 아니었다. 언젠가 한번 잠자리에서 아내 예예가 강만리에게 투정을 부리듯 말한 적이 있었다.

* * *

예예가 말했다.

"사람들이 다들 아정에게는 도련님이라고 부르고, 담호에게는 소장주라고 불러요."

막 그녀와 뜨거운 정사를 나눈 후 허탈감에 빠져 있던 강만리는 게슴츠레 눈을 뜨며 물었다.

"그게 왜?"

"아휴. 그게 왜라니요? 어디까지나 이 화평장은 당신과 제가 세운 거잖아요? 그러니까 우리가 주인이고, 다음 주인은 당연히 우리 아정이 되어야죠. 그런데 지금 보면 꼭 담호를 다음 주인으로 모실 것 같으니까요."

"뭐, 나쁘지 않잖아?"

"뭐가 또 나쁘지 않은데요?"

"담호는 성정이 어질고 착하고 근면성실하지. 윗사람을 공경할 줄 알고, 아랫사람들을 존중할 줄도 알아. 또 동생들에게는 한없이 자상하고 모든 걸 양보하는 그런 착한 아이야."

"뭐 그거야 저도 잘 알고 있어요."

"그런 담호가 화평장의 다음 장주가 된다고 생각해 봐. 과연 우리 아정이나 군악의 소군이나 예추의 쌍둥이들에게 못할 짓을 할 것 같아?"

"누가 그런대요?"

"그래. 외려 동생들에게 자신의 모든 것을 아낌없이 베풀 거라고."

강만리는 벌거벗은 마누라의 아랫배를 만지작거리다가 불쑥 아랫도리에 손을 넣으며 말을 이었다.

"아정이나 다른 아이들은 담호의 비호(庇護)를 받으며 성장할 거야. 아정이 원한다면, 또 그럴 능력이 된다 싶으면 담호는 이깟 조그마한 장원, 모두 아정에게 넘겨줄 게고."

"아아."

예예는 땀으로 흠뻑 젖은 몸을 꿈틀거리며 욕정 흐르는 신음을 흘렸다. 강만리는 굵은 손가락 두 개로 그녀의 아랫도리를 후비면서 말했다.

"설마 임자는 이깟 장원을 담호에게 빼앗기는 게 그렇

게 아까워서 그러는 건 아니지?"

"무, 물론이죠."

"나는 장원을 담호에게 주더라도 그의 보호와 보살핌 속에서 우리 아이가 제대로 성장하는 게 훨씬 낫다고 봐. 어쨌든 담호는 다음 세대의 천하제일인이 될 테니까."

"아흠."

예예는 허벅지에 힘을 주며 한데 모았다. 강만리의 두꺼운 손가락이 그녀의 가랑이 사이에 꼈다. 예예의 그 부르르 떨고 있는 허벅지의 감촉 때문일까. 강만리는 다시 어흥! 하며 그녀를 덮쳤다.

* * *

이후 예예도 담호를 두고 '우리 소장주.'라고 부르기 시작했다.

소위 화평장의 안방마님이라고 할 수 있는 예예조차 그렇게 담호를 부르자 화평장의 모든 이들은 담호를 화평장의 차기 장주로 받아들이는 데 전혀 거부감을 받지 않았다.

강만리가 그런 생각을 하는 동안, 진재건과 담호의 대화는 다른 방향으로 이어지고 있었다.

"그나저나 정말 덥군그래."

진재건이 웃옷을 반쯤 풀어 헤치며 혼잣말로 중얼거렸다. 담호도 고개를 끄덕였다.

"맞아요. 게다가 며칠 동안 목욕 한번 제대로 하지 못해서 냄새도 심하게 나요. 이것 좀 보세요."

 담호가 손가락으로 목덜미를 문지르자 때가 밀려 나왔다. 진재건이 한숨을 쉬며 말했다.

"그러니까 말입니다. 어디 시원한 계곡이라도 있으면 목욕이라도 하면서 더위도 쫓고 이 끈적거림도 지워 내고 때도 벗길 텐데 말이죠."

"무엇보다 머리부터 감고 싶어요."

 담호는 연신 투덜거렸다.

 강만리는 무심코 그들의 대화를 듣다가 한순간 뇌리 속으로 번쩍! 하는 섬광처럼 한 가지 생각이 떠올랐다.

'그렇구나!'

 진재건과 담호의 대화를 들으면서 뭔가 해결책이 떠오른 까닭이었다. 꽉 막혀 있던 배출구가 단숨에 뻥 뚫리는 듯한 기분이었다.

 절로 강만리의 얼굴이 밝아졌다.

─놈들은, 무림십왕은 반드시 우리의 뒤를 쫓아올 것이다. 그러니 그들을 먼저 분산시켜야 한다.

"백야와 황백들은 이곳에서 잠시 우리와 헤어집시다. 또 예서 이십여 리 정도 더 도주하다가 다시 두 무리로 나뉘어 각자 다른 방향으로 이동하도록 하시고요."

강만리는 영문을 몰라하는 백야들과 황백들에게 그렇게 지시를 내렸다.

-무덥고 끈적거리는 기분은 우리나 저들도 매한가지일 터, 계곡의 시원한 물줄기를 보게 된다면 최소한 잠시나마 발이라도 담그려 할 것이다.

"우선 우리는 무천산으로 이동하기로 하죠. 예로부터 그곳 계곡물이 꽤 거칠고 시원하기로 유명했으니까요."

계곡물이라는 단어에 진재건과 담호는 반색의 표정을 지었다. 담우천은 살짝 고개를 갸웃거리며 물었다.

"그곳으로 유인할 생각인가?"

강만리는 고개를 끄덕였다.

"네. 뭐 그 계곡가에서 용변을 보러 홀로 떨어져 나가는 자가 있다면 더더욱 좋겠지만요."

물론 강만리는 자신들의 뒤를 오직 네 명의 무림십왕만이 뒤쫓고 있다는 사실을 알지 못했다. 또 그중에는 소수음후가 포함되어 있다는 것도 전혀 알 리 없었다.

그리고 이 당시만 하더라도 그녀가 홀로 멱을 감기 위

해 동료들과 떨어질 줄은 상상조차 하지 못했다.

3. 목소리 흉내

무천산 계곡가에 이른 강만리 일행은 곧장 자신들의 흔적을 지우고 땅바닥이나 나뭇가지 곳곳에 거짓된 정보를 늘어놓았다.

여전히 안개는 짙게 내려앉아서 동서남북 방향조차 가늠할 수가 없었고, 그런 최악의 기상 상황 속에서 무림십왕은 생각보다 힘들게 강만리 일행을 따라 무천산 계곡까지 이르렀다.

강만리 일행은 천조감응진력을 극한으로 끌어올려 저들의 동태를 지켜보았다. 이윽고 소수음후가 홀로 계곡 상류로 올라간 것을 알게 된 강만리는 빠르게 머리를 굴렸다. 그리고 담호에게 말했다.

"네가 순박하고 어리석어 보이지만 그래도 잘생긴 산골 청년 역할을 맡아야겠구나."

갑작스런 그의 제안에 담호는 멀뚱한 표정을 지었다. 그 와중에도 잘생긴 청년 역할이라는 말에 내심 흐뭇한 기분이 드는 건 어쩔 수가 없었다.

강만리가 계속해서 말했다.

"그녀가 너를 무공 한 점 모르는 산골 아이라고 여기도록 만들어라. 최대한 그녀 가까이 다가가도록 해라. 무슨 수를 써서라도 소수음후의 방심을 유발하도록 해라. 나머지는 우리가, 네 부친이 알아서 할 테니까."

"네."

엉겁결에 대답한 담호는 문득 난색을 취하며 입을 열었다.

"하지만 무림십왕 같은 초절정의 고수가 제 투기나 무공을 익힌 흔적을 알아차리지 못할 리가 없지 않을까요?"

"그건 내가 가르쳐 주마."

묵묵히 지켜보던 담우천이 나섰다.

"우선 크게 숨을 내쉬고 어깨를 축 늘어뜨려라. 무게중심을 오른발에 두고 어기적거리듯 걷도록 해라. 그래, 그렇게 말이다. 굳이 힘을 뺄 생각은 하지 않아도 된다. 그게 더 수상쩍게 보인다."

담우천은 일일이 담호의 행동거지를 지적하고 수정하고 보완하면서 말했다.

"바로 그 상태에서 네가 생각할 건 오직 한 가지다. 얼른 계곡물로 뛰어 들어가 목욕하고 싶다는 것 말이다."

'다 듣고 계셨던 걸까?'

담호의 얼굴이 살짝 붉어졌다. 하지만 내색하지 않은 채 진중하게 물었다.

"그렇게만 하면 소수음후가 절 산골 아이라고 생각하게 될까요?"

"그럴 게다. 무엇보다 자신이 뒤쫓고 있는 이들 중에서 너처럼 어린아이는 없다고 확신하고 있을 터, 절대로 널 의심할 리가 없다."

거기까지 말한 담우천은 살짝 목소리를 낮춰 덧붙였다.

"그리고 내가 바로 곁에서 지켜보고 있을 터이니 걱정하지 않아도 된다."

"네, 아버님."

담호는 한결 가벼워진 표정으로 대답했다.

모든 준비가 끝났다.

그리고 담호는 홀로 목욕 중이던 소수음후에게로 터벅터벅 걸어갔다.

담우천의 장담대로 그녀는 담호가 무림인이라는 생각을 전혀 하지 않았다. 모든 게 강만리의 계획대로, 담우천의 장담대로 흘러가고 있었다.

그러나 소수음후가 담호 앞에서 일부러 발라당 넘어질 줄은 그 누구도 예상하지 못했다. 그리고 그 환갑이 훌쩍 넘은 노파가 담호에게 속살을 드러내며 요염한 표정을 보일 거라고는 상상조차 하지 못했다.

하지만 바로 그 덕분에 담호는 소수음후의 손목을 잡을

수 있었고, 담우천이 달려 나가기도 전에 그녀의 마혈을 제압할 수가 있었다.

이거야말로 모사재인(謀事在人) 성사재천(成事在天), 일은 사람이 꾸미지만 성공과 실패는 하늘이 정한다는 말에 딱 들어맞는 상황이라 할 수 있었다.

"쳇, 아쉬운걸."

강만리가 소수음후의 시신을 내려다보며 투덜거렸다.

"조금 더 목소리를 확실하게 들어야 하는 건데."

담호가 사과했다.

"죄송합니다. 제가 너무 빨리 손을 쓴 것 같아요."

"아냐. 네 잘못이 아니지. 외려 네 그 신속하고 절묘한 점혈수법은 칭찬받아 마땅하지."

강만리는 손사래를 치며 말했다.

"그녀와 나눈 대화의 양은 충분했다고. 다만 거리가 조금 떨어져 있었던 까닭에 정확하게 그녀의 음성을 인지하지 못했을 뿐이니까."

강만리는 이내 "흠, 흠." 하며 목청을 가다듬었다. 그러고는 조심스럽게 입술을 움직였다.

"어쨌든 정말 잘했단다, 담호야."

순간 담호의 눈이 휘둥그레졌다. 멧돼지처럼 생긴 강만리의 입에서 우아하고 부드러운 여인의 목소리, 소수음후의 음성이 흘러나온 탓이었다.

"어때? 비슷해?"

강만리가 한쪽 눈을 찡긋거리며 물었다. 담호는 엉겁결에 고개를 끄덕이다가 이내 고개를 갸웃거렸다. 강만리가 걱정스럽다는 표정을 지으며 물었다.

"왜? 달라?"

"아, 네. 언뜻 들어 보면 비슷하게 들리는데요. 또 자세히 들어 봐도 비슷하게만 들려요."

화군악이 있었더라면 그게 무슨 소리냐고 타박 놓을 법도 한 말이었지만 강만리는 이내 알아들었다는 듯이 한숨을 길게 내쉬며 투덜거렸다.

"그래서 조금 더 확실하게 들어 봤어야 한다는 거다. 그나마 그녀를 잘 모르는 사람이 듣는다면 비슷하게는 들리겠지만 무림십왕처럼 교우와 친분이 깊은 사람들이라면 금세 눈치챌 것이다. 그녀가 아니라도 말이지."

강만리는 엉덩이를 긁적거렸다.

* * *

"흐음. 너무 늦지 않소?"

"아무리 여인이 사내들보다 오래 씻는다고는 하지만 확실히 이건 좀 너무 늦는데?"

"이 정도라면 목욕을 마치고 소피도 보고 큰일도 보고

잠시 낮잠도 자고, 그래도 시간이 남을 것 같은데."

 계곡가로 나와서 몸을 말리던 세 명의 노인, 무적권왕과 십전궁왕, 신창태왕이 아무래도 이상하다는 생각에 서로 고개를 갸웃거리며 두런두런 대화를 나눴다.

 소수음후가 상류로 올라간 지도 벌써 반 시진 이상이나 흘렀으며, 이미 노인들의 몸과 옷은 양기의 내공으로 깨끗하게 마른 후였다.

 "흠. 혹시 뭔가 일이 생겼을 수도……."
 "허허, 일은 무슨. 그저 혼자 목욕하면서 시간 가는 줄 몰랐을게요. 크게 부르면 화들짝 놀라 대답할 게 뻔하오."

 그렇게 말한 무적권왕 한백남은 이내 상류 쪽을 향해 소리쳤다.

 "이러다가 날 저물겠소, 음후!"

 그의 목소리는 그리 크지 않았지만 우렁우렁하게 울리면서 격류의 물살을 뚫고 계곡 저편으로 흘러 나갔다. 그의 목소리는 메아리처럼 울려 퍼졌다.

 한백남은 웃는 낯으로 제 메아리를 들으며 귀를 기울였다. 십전궁왕과 신창태왕도 상류 쪽으로 시선을 돌렸다. 한백남의 메아리가 끝났지만 대답은 들려오지 않았다.

 한백남의 얼굴이 굳어졌다. 십전궁왕과 신창태왕의 얼굴빛이 달라졌다.

그때였다. 상류 쪽에서 희미한 목소리가, 늙은 여인의 목소리가 다급하게 들려왔다.

"누가 좀 이리로 와 주세요!"

짙은 안개 저편에서 격하게 흐르는 계곡의 물줄기 소리를 뚫고 들려온 그 음성은 확실히 소수음후의 목소리였다.

7장.
무림삼왕(武林三王)

다루지 못하는 무기가 없고 펼치지 못하는 무공이 없으며
싸워서 진 적이 단 한 번도 없다는 절대 고수 한백남.
그의 옷자락 안쪽에는 언제든지 사용할 수 있도록 준비된
십여 개의 서로 다른 병기들이 있었으니, 세상 사람들은
무적전왕 한백남의 그 열세 가지 무기를 일컬어
무적십삼천신기(無敵十三天神器)라 불렀다.

무림삼왕(武林三王)

1. 뿔뿔이 흩어진 무림십왕

"누가 좀 이리로 와 주세요!"

홀로 계곡 상류를 찾아갔던 소수음후가 그렇게 소리쳤다.

멱감기를 끝내고 이미 몸과 옷 모두 말린 채로 기다리고 있던 세 명의 노인은 그녀의 다급한 목소리에 흠칫 놀라며 자리에서 벌떡 일어났다.

동시에 그들은 지면을 박차고 상류를 향해 날아오르려 했다. 하지만 다음 순간, 무적전왕 한백남이 십전궁왕과 신창태왕의 소매를 붙잡으며 만류했다.

"잠깐만."

"왜 그러시오?"

십전궁왕 이겸수와 신창태왕 송규염이 그를 돌아보며 다급하게 물었다. 무적전왕은 진중한 눈빛으로 상류 쪽을 응시한 채 말했다.

"저 목소리, 왠지 이상하지 않소?"

"음? 뭐가 이상하다는 말씀이오?"

"언뜻 듣기에는 음후의 음성 같기는 했지만, 어딘지 모르게 탁하고 두꺼운 것이 마치 사내가 일부러 음후의 목소리를 흉내 내는 것처럼 들려서 말이오."

"그렇게 들리셨소? 나는 전혀 이상하다는 걸 느끼지 못했는데."

신창태왕은 고개를 갸우뚱거리며 말했다.

"으음. 한 형의 말을 듣고 보니 확실히 조금은 다른 것 같기도 하구려."

십전궁왕은 신창태왕과 달리 무적전왕의 말에 고개를 끄덕이며 대꾸했다. 무적전왕이 진지한 어조로 말을 받았다.

"어쨌든 조심합시다. 어쩌면 내가 착각한 것일 수도 있겠지만…… 최대한 주의해서 나쁘지 않을 테니 말이오."

무적전왕 한백남의 말에 십전궁왕과 신창태왕은 고개를 끄덕였다. 동시에 십전궁왕은 활을 들어 화살을 먹였고, 신창태왕 또한 제대로 창을 쥐었다.

그렇게 혹시 있을지 모르는 상황에 대하여 만반의 준비를 한 그들은 곧 소수음후가 있는 상류로 걸음을 옮겼다. 여전히 안개는 자욱했고, 물줄기는 요란한 소리를 내며 계곡을 따라 흐르고 있었다.

 앞서 걷는 무적전왕 한백남의 이마에는 땀이 송골송골 맺혔다. 그의 기색은 한없이 신중했고, 발걸음은 조심스러웠다.

 '만약 내가 정확하게 들은 거라면……'

 한백남은 자신의 귀가 틀리지 않았다고 생각했다. 즉, 조금 전 들려왔던 그 음성은 소수음후의 그것을 흉내 낸 누군가의 목소리임이 확실하다고 생각했다.

 '이미 음후가 당했다는 뜻. 다시 말해서 이 계곡가에 무림오적이 숨어 있다는 의미인 게고, 또 우리가 이미 그들이 파 놓은 함정에 빠졌다는 뜻이리라.'

 무적전왕 한백남은 그렇게 확신했다.

 소수음후는 절대고수였다. 그녀의 음공은 사람의 이지(理智)를 빼앗고 혼백(魂魄)을 조종하는 마력을 지녔다.

 사마외도의 절정고수들이 그녀의 노랫가락에 홀려 스스로 목숨을 끊었고, 그녀의 비파(琵琶) 소리에 넋을 잃고 혼을 빼앗긴 채 그녀의 뜻에 따라 움직이는 강시가 되기도 하였다.

 그런 소수음후가 당했다는 건 역시 무림오적이 그만큼

강하다는 뜻이기도 했다.

무림오적이 강하다는 사실이야 이미 잘 알고 있었다. 아니, 무적전왕 한백남만큼 그들이 강하다는 사실을 알고 있는 이는 오로지 무정검왕 목부강밖에 없었다.

다른 십왕은 저들의 강함을 제대로 알지 못하고 있었다. 머릿속으로야 강하다는 사실을 알고 있겠지만 몸으로 직접 느껴 보지 못했으니까. 어쩌면 본능적으로 그들이 자신들만큼 강하다는 사실을 인정하지 못할 수도 있었다.

상류로 거슬러 올라가면서 무적전왕 한백남은 그 어느 때보다도 신중하게 주변을 살피고 놈들의 기척과 흔적을 찾으려 했다.

만약 그의 확신대로 이곳에 무림오적이 숨어 있고, 그들의 함정이 준비되어 있다면 그건 오롯하게 이곳으로 동료들을 인도한 그의 잘못이었으니까.

그러니 두 번의 실수는 없어야 했다. 앞서 걷는 한백남의 걸음이 답답할 정도로 느릿한 이유가 바로 거기에 있었다.

그 신중함과 조심성은 그대로 신창태왕과 십전궁왕에게까지 전해졌다. 무적전왕의 전신에서 흘러나오는 초조하고 불안한 기운을 감지한 듯, 그들 또한 이목을 집중하여 주변을 경계했다.

최소한 삼십여 장 주변으로는 개미 한 마리가 움직이는 것까지 감지할 수 있는 능력을 지닌 그들이었다. 아무리 안개가 시야를 가로막고, 거친 물소리가 귀를 멀게 하고 있다지만 그래도 여전히 십여 장 안쪽으로는 그 어떤 사소하고 미미한 기척이라도 느낄 수 있었다.
　바로 그게 무림십왕의 권능(權能) 중 하나였다.
　하지만 세 명의 무림십왕이 절대적인 권능을 발휘하고 있음에도 불구하고 그 어떤 기척이나 흔적을 찾을 수가 없었다. 적어도 십여 장 안쪽으로는 아무것도 존재하지 않았다.
　"으음. 음후가 예까지 올라왔을까?"
　십전궁왕 이겸수가 문득 주위를 둘러보며 중얼거렸다.
　확실히 이미 그들은 소수음후가 멱을 감던 위치보다 더 높은 곳까지 거슬러 올라온 상황이었다. 이렇게 그녀의 흔적을 뒤쫓아서 마냥 거슬러 오르다가는 산 정상까지 오르게 생겼다.
　"이 형의 말이 맞는 것 같소. 아무래도 우리가 놓치고 온 게 있는 것 같구려. 다시 돌아갑시다."
　무적전왕 한백남이 고개를 끄덕이며 몸을 돌리려는 순간이었다.
　"누구냐?"
　십전궁왕 이겸수가 화들짝 놀라듯 소리치며 오른쪽 기

숲을 향해 활을 쏘았다. 동시에 신창태왕 송규염이 지면을 박차며 그곳으로 몸을 날렸다.

후다닥!

누군가 황급히 몸을 숨기는 기척이 뒤늦게 들려왔다.

"아니, 안 되오! 놈들의 함정이오!"

무적전왕 한백남이 크게 소리치며 신창태왕을 만류했지만 이미 늦었다. 신창태왕은 벌써 계곡물을 훌쩍 뛰어넘어 오른쪽 숲으로 자취를 감춘 후였다.

"젠장. 미꾸라지 같은 놈이로구나! 내 화살을 피하다니!"

십전궁왕 이겸수가 이를 갈더니 그대로 신창태왕의 뒤를 따라 몸을 날리려 했다.

하지만 다음 순간, 이번에는 그들이 서 있는 왼쪽 방향의 숲에서 뭔가 기척이 들려왔다.

지면을 박차려던 십전궁왕은 빠르게 몸을 돌렸다. 어느새 그의 활에는 세 개의 화살이 올려져 있었고, 몸을 돌리는 동시에 세 개의 화살은 기척이 들려온 곳을 향해 섬전처럼 쏘아졌다.

"윽."

가벼운 신음이 숲 안쪽에서 새어 나왔다. 십전궁왕 이겸수의 눈빛이 반짝였다.

"격중했구나!"

그는 소리치며 신음이 들려온 곳을 향해 몸을 날렸다. 그는 다시 다섯 발의 화살을 활에 먹이며 허공 높이 솟구쳐 올랐다.

파파파팟!

빠르게 이어지는 파공성이 안개를 갈랐다.

"어딜 도망치려 하느냐!"

허공 높이 솟구쳤다가 기슭으로 내려서는 동안 다시 세 발의 화살을 장전한 십전궁왕은 크게 소리치며 이내 숲 안쪽으로 뛰어들었다.

순간적으로 일어난 상황이었다. 방금까지 함께 모여 있던 세 명이 각자 다른 방향으로 움직인 건 그야말로 순식간의 일이었다.

신창태왕 송규염은 계곡물을 뛰어넘어 맞은편 숲으로, 십전궁왕 이겸수는 기슭 위 숲속으로 자취를 감췄다. 오직 무적전왕 한백남만이 개울가에 그대로 남아 있었다.

"이런."

한백남은 입술을 깨물었다.

무림오적의 술수임이 분명했다. 일부러 계곡물을 두고 좌우 양쪽으로 무림십왕이 분산되게끔 판 함정이었다. 그리고 그게 함정이라는 것 정도는 신창태왕과 십전궁왕도 충분히 알고 있었을 터였다.

하지만 소수음후의 안위가 걸려 있기에, 그리고 능히

자신만의 힘으로 그 함정을 벗어날 수 있다는 자신감을 바탕으로 그들은 지금 이렇게 양쪽으로 갈라진 채 적의 뒤를 쫓아간 것이었다.

난감해진 건 한백남이었다.

신창태왕과 십전궁왕이 좌우 양쪽으로 갈린 채 적을 뒤쫓는 가운데, 그는 어느 쪽으로 움직여야 할지 즉각적으로 반응하지 못했다.

졸지에 계곡가에 홀로 남게 된 한백남은 좌우 어느 한쪽으로도 움직이지 못한 채 제자리에 우뚝 서 있었다.

"제기랄!"

절로 욕설이 입에서 튀어나왔다.

어느 한쪽이든 달려가서 돕는 게 당연한 일이겠지만 지금 당장 움직이는 건 이미 너무 늦은 대처였다. 지금 상황에서 최선은 그저 이 상태로 가만히 기다리고 있다가 어느 방향이든 위험에 처한 쪽으로 달려가 돕는 것뿐이었다.

한백남은 그렇게 마음을 굳힌 채 여전히 제자리에 우뚝 선 채 좌우 상황에 귀를 기울였다.

물론 그때까지 세 사람 중에서 가장 위험에 처한 이가 바로 한백남 본인이라는 사실은 전혀 모르고 있었다.

심지어 한백남은 안개 저편에서 두 개의 기척이 느닷없이 안개 다가올 때까지도 상황의 심각성을 전혀 헤아리지 못하고 있었다.

2. 무적십삼천신기(無敵十三天神器)

 아무리 방심했다고는 하지만 상대는 어디까지나 천하의 소수음후였다.
 그 소수음후의 손목을 낚아채는 동시에 마혈을 제압할 수 있는 사람은 수많은 무림 고수 중에서도 채 일 푼이 되지 않았다. 어느새 그 일 푼이 되지 않는 반열에 속하게 된 담호는 비로소 강만리와 담우천에게 실력을 인정받을 수 있었다.
 "네가 계곡 저편에서 무림십왕을 유인하도록 해라."
 강만리는 망설이지 않고 담호에게 중요한 역할을 맡겼다.
 그건 확실한 중책이었다. 세 명의 무림십왕 중 몇 명이 쫓아올지 모르는 상황이었다. 그중 몇 명이 쫓아오든 어떻게든 담호가 끝까지 그들을 따돌릴 거라는 믿음이 없다면 절대 내릴 수 없는 지시였다.
 "그리고 진 당주는 이쪽 기슭에 숨어 있다가 저들을 유인하고."
 강만리는 진재건에게도 중책을 맡겼다.

강만리의 계획은 단순했다. 계곡을 끼고 좌우 양쪽에서 차례로 기척을 드러내어 세 명을 뿔뿔이 흩어지게 만드는 게 목적이었다.

아니, 한 명만 다른 쪽으로 움직여도 좋았다. 세 명이 동시에 움직이지만 않으면 되었다. 한 명만 따로 움직인다면, 그때는 대기하고 있던 강만리와 담우천이 나설 차례였다.

놀랍게도 강만리의 계획은 절묘하게 진행되어서 세 명의 무림십왕이 뿔뿔이 흩어지게 되는 결과를 만들어 냈다.

강만리와 담우천에게 있어서 이보다 좋은 상황은 없었다. 한 명씩 해치우면 되는 일이니까.

그렇게 강만리와 담우천이 계곡가에 홀로 남게 된 무적전왕 한백남 앞에 모습을 드러냈다. 자욱한 안개를 헤치고 천천히 그들이 다가서자 한백남이 코웃음을 흘리며 입을 열었다.

"나 혼자라고 이길 수 있다는 생각을 했나 보군그래."

강만리가 내공을 끌어올리며 대꾸했다.

"일 대 이라면 충분히 이길 수 있소."

"내가 누군지 알고?"

이번에는 담우천이 대답했다.

"무적전왕 한백남이 아니오?"

한백남의 눈길이 담우천에게로 향했다. 안개 사이로 불투명한 그의 얼굴 윤곽이 드러났다.

한백남이 천천히 고개를 끄덕였다.

"사선행수로군."

"오랜만이오."

"확실히 오랜만이야. 이십 년이 넘게 흘렀으니까."

한백남은 그렇게 중얼거리며 옷자락을 풀었다. 옷 안쪽에 매달려 있던 십여 개의 병기가 모습을 드러냈다.

다루지 못하는 무기가 없고, 펼치지 못하는 무공이 없으며, 싸워서 진 적이 단 한 번도 없다는 절대 고수 한백남.

그의 옷자락 안쪽에는 언제든지 사용할 수 있도록 준비된 십여 개의 서로 다른 병기들이 있었으니, 세상 사람들은 무적전왕 한백남의 그 열세 가지 무기를 일컬어 무적십삼천신기(無敵十三天神器)라 불렀다.

"좋아."

한백남은 낮은 목소리로 중얼거리며 가볍게 양손을 휘둘렀다. 순간 그 열세 가지 무기 중 아무렇게나 그의 손에 닿는 대로 쥐어졌다.

오른손에는 단창(短槍), 왼손에는 어린아이 장난감처럼 조그맣게 생긴 소노(小弩)가 들려 있었다.

기묘했다.

대충 아무렇게나 집는 것처럼 보였음에도 불구하고 마치 바로 조금 전까지 한백남의 곁에 머물러 있던 신창태왕의 창과 십전궁왕의 활을 떠올리게 하는 선택이었다.
"이걸로 충분할 것이다."
 한백남은 손에 쥔 두 개의 병기를 장난감처럼 가볍게 휘두르며 담우천과 강만리를 응시했다.
 대저 단창이라 하면 창날 구 촌, 자루 구 척의, 그래도 어지간한 칼과 검보다는 길이가 긴 무기였다.
 그러나 한백남의 단창은 그야말로 단창, 창날과 자루를 합쳐서 팔뚝만 한 정도의 길이에 불과했다. 그야말로 언뜻 보면 서너 살 아이들이 사용할 법한 장난감처럼 보이는 무기였다.
 그건 소노도 비슷해서, 소노에 장착되어 있는 화살의 크기는 겨우 한 뼘 정도, 수십 발을 맞아도 도저히 죽을 것 같지 않아 보이는 무기였다.
 '흐음, 아무리 십팔반 무기에 정통하다지만 겨우 저 정도 무기로 어떻게 싸울 작정일까?'
 그렇게 의아해하는 강만리와는 달리 한백남의 그 단창과 소노를 지켜보는 담우천의 표정은 딱딱하게 굳어 있었다.
 관아 출신인 강만리야 애초부터 무림의 역사와 무림인에 대해 과문했지만 담우천은 그렇지 않았다.

특히 그는 저 정사대전 당시 무적전왕 한백남이 어떻게 무적(無敵)이라는 별호를 완성했는지 그 과정을 똑똑하게 지켜본 사람 중 한 명이었다.

"조심하게."

담우천은 검을 꺼내 들며 강만리에게 경고했다.

"무기의 외형에 집착하다가는 어떻게 죽었는지 모르는 사이에 죽어 있을 테니까."

강만리는 이내 정신을 바짝 차렸다.

'그렇지! 감히 내가 무림십왕을 눈앞에 두고 비웃거나 조롱하려 들다니, 언제부터 그렇게 기고만장해졌는가?'

불과 십 년 전만 하더라도 도둑이나 강도를 때려잡는 데 전력을 기울였던 그였다. 그런 포두 출신의 강만리가 감히 천하의 무림십왕, 그것도 무적전왕 한백남을 앞에 두고 방심하다니.

강만리는 입술을 깨물며 야우린을 꺼내 들었다.

"좋은 무기로구나."

한백남이 감탄했다. 그러고는 곧 강만리에게 조언하듯 말했다.

"하나 병기의 위력에 휘둘리게 되면 정작 제 실력을 온전하게 발휘하지 못할 수도 있다네."

"고언 감사합니다."

강만리는 정중하게 응대한 후 곧바로 기수식을 펼치며

말했다.

"그럼 바로 본론으로 들어가겠습니다!"

"그래야지."

한백남이 단창과 소노를 쥔 양팔을 크게 벌리며 말했다.

"어서 들어와 보게들."

그의 말이 끝나는 순간이었다. 강만리가 벼락처럼 앞으로 뛰어들며 야우린을 휘둘렀다.

우우웅웅!

야우린이 허공을 가르는 소리와 함께 겹겹이 쌓여 있던 안개가 사방으로 흩어졌다. 검고 뭉툭한 야우린이 눈에 보이지 않을 정도의 빠른 속도로 한백남의 전신을 후려치기 시작했다.

정수리, 어깨, 목, 옆구리, 팔다리 할 것 없이 그야말로 정신없이 이어지는 매타작이었다. 순식간에 일흔두 번의 공격이 이어진다고 해서 붙여진 연환칠십이곤격쇄(連環七十二棍擊碎)가 바로 그것이었다.

"호오! 이건 귀왕혈부(鬼王血斧)의 연환칠십이부박쇄(連環七十二斧搏碎)가 아니더냐? 역시 네놈들은 공적십이마의 제자들이란 말이렷다?"

무적전왕 한백남은 흥이 나는 것처럼 소리치며 단창을 휘둘렀다.

챙챙챙챙!

순식간에 일흔두 번의 파열음이 안개 속에서 울려 퍼졌다. 놀랍게도, 한백남은 그 단창을 휘두르는 것만으로도 강만리의 모든 공격을 튕겨 낸 것이었다.

강만리는 하마터면 놓칠 뻔한 야우린을 꼭 쥔 채 황급히 뒤로 물러났다. 단창의 반탄력을 감당하지 못한 그의 손아귀가 찢어져 피가 흐르고 있었다.

그러나 게서 강만리의 공격이 끝난 건 아니었다. 뒤로 물러서는 동시에 강만리는 왼손을 뻗어 일장을 날렸다.

은은한 금광(金光)이 희미하게 일었다. 안개가 좌우로 갈라지며 거대한 물줄기와 같은 장력이 일직선으로 뻗어 나갔다.

한백남이 놀란 듯 혹은 기쁜 듯 소리쳤다.

"금강철마존!"

동시에 한백남은 손을 앞으로 쭉 내밀어 단창을 휘둘렀다. 바람개비처럼 휘도는 단창 주위로 불투명한 빛의 강막(罡幕)이 원을 그리며 형성되었다.

강만리의 노도와 같은 장력이 그 불투명한 강막과 부딪치는 순간 콰앙! 천지가 무너지는 듯한 격렬한 굉음이 터져 나왔다. 주위를 잠식하고 있던 안개가 순간적으로 사방으로 흩어지면서 주변 십여 장 일대가 한눈에 들어왔다.

방금의 일합으로 흙먼지가 사방으로 튀어 오르는 가운데, 한백남은 그 비산하는 흙먼지를 뚫고 강만리를 향해 맹진(猛進)했다.

"헉!"

강만리는 저도 모르게 헛바람을 집어삼켰다. 어느새 한백남의 그 단창의 창날이 제 목을 향해 폭사하고 있었던 까닭이었다.

일직선으로 날아드는 단순한 공격이었다. 하지만 피하기에는 너무나도 빠르고 막기에는 너무나도 강렬한 창격이었다.

강만리는 반사적으로 야우린을 휘두르려 했지만 한백남의 창날은 이미 그의 목을 꿰뚫고 있었다.

그야말로 존망지추(存亡之秋)의 순간!

그 자리에 박힌 듯 움직이지 않고 있던 담우천이 한백남의 등을 노리고 검을 뺐었다. 일순 담우천의 검극에서 피어난 원(圓)이 그대로 나선형을 그리며 한백남의 등을 향해 파고들었다.

동시에 한백남의 얼굴이 살짝 굳어졌다.

'제기랄!'

이대로 단창을 찌르면 저 멧돼지 같은 작자는 해치울 수 있다. 하지만 바로 그 순간 담우천이 펼친 검강(劍罡)이 그대로 그의 등을 관통할 것이었다.

한백남은 "쳇!" 하면서 몸을 틀었다. 강만리 또한 뒤늦게 반대로 몸을 틀었다. 담우천의 일격은 그 두 사람의 사이를 꿰뚫으며 스쳐 지나갔다.

 순간적으로 삼 장 거리 밖으로 몸을 피한 한백남은 제 왼쪽을 내려다보았다.

 활짝 풀어 헤친 옷자락에는 구멍이 뻥 뚫려 있었고, 옷 안쪽에 매달려 있던 서너 개의 무기가 송두리째 박살 나 있었다. 담우천의 일격이 남긴 흔적이었다.

 오른쪽으로 일 장여 비켜선 강만리 또한 왼쪽 옷자락이 갈기갈기 찢어져 있었다.

 절로 등골이 오싹해지고 소름이 돋았다. 만약 조금만 늦게 피했더라도 한백남이 아닌 담우천의 손에 의해 목숨을 잃을 뻔한 것이었다.

3. 철마신벽(鐵摩身壁)

 "노옴!"

 신창태왕 송규염이 소리치며 연달아 창을 내질렀다.

 십 척이 넘는 장창(長槍)이 너울처럼 능청거리며 전면으로 쏘아졌다. 한 번 장창이 쏘아질 때마다 주변 안개가 사방으로 흩어지고 있었다.

놀랍게도 장창의 자루 끝자락에는 신창태왕의 손가락이 걸려 있었는데, 지금 신창태왕은 그 손가락 두 개만으로 장창을 자유자재로 운용하는 중이었다.
"실로 미꾸라지 같은 놈이로구나!"
한 번 안개가 흩어질 때마다 사방 십여 장의 공간이 한눈에 들어왔다.
그 시야 끝자락으로 검은 물체가 이리저리 좌우로 움직이면서 도주하는 모습이 보였다. 산을 오르는 것도 아니고 내려가는 것도 아닌, 마치 신창태왕과 술래잡기라도 하는 것과 같은 모양새였다.
신창태왕의 분노는 하늘을 찌를 것 같았다. 요리조리 산을 타는 뒷모습만으로 추측해 보건대 건장하고 탄탄한 체구를 지닌 청년인 게 분명했다.
그런 애송이가 자신을 놀리듯 겨우 오륙 장 거리를 유지한 채 도주하는 모습을 보고 있자니 그야말로 머리가 폭발할 지경이었다.
신창태왕은 결국 걸음을 멈췄다.
더는 쫓아갈 생각이 없는 듯했다. 그러자 미꾸라지처럼 도망치던 자도 걸음을 멈췄다. 그 자리에 멈춰 서서 뒤를 힐끔거리는 것이 마치 '나 잡아 봐라!'하고 놀리는 것만 같았다.
신창태왕과 애송이와의 간격은 대략 육칠 장. 두 번의

도약이면 단숨에 따라잡을 거리. 하지만 애송이의 경공술은 의외로 만만치 않았다. 아니, 거의 신창태왕의 그것과 버금갈 정도였다.

'하기야 내 경공술이 그리 대단하지는 않으니까.'

반대로 애송이의 경공술은 놀랍기 그지없었다. 신창태왕이 전력을 다해 반각 가까이 뒤를 쫓았지만 지금껏 잡지 못한 것이 그 증거라 할 수 있었다.

신창태왕은 머리를 굴렸다.

'허공에서 자유자재로 방향을 바꾸는 걸 보면 마치 곤륜파의 그것 같기도 하고…… 그 날렵하고 날아가는 선이 아름다운 걸 보면 야래향의 그것 같기도 하고…… 도대체 저 애송이의 정체가 뭐냐 말이지.'

세상이 아무리 넓고 강호인이 아무리 많다 한들, 일신(一身)에 사마외도의 무공과 명문정파의 무공을 겸비하고 있는 무림인은 존재하지 않았다. 사마외도와 정파는 물과 기름처럼 절대 한데 섞일 수가 없었으니까.

'어쨌든 그건 잡은 다음에 물어보기로 하고. 지금은…….'

놈의 다리를 멈추게 만들어야 했다.

신창태왕은 놈을 향해 크게 소리쳤다.

"아무래도 네놈에게 따끔한 맛을 보여 줘야만 하겠구나!"

놈은 여전히 오륙 장 거리를 둔 채 움직이지 않았다. 하지만 신창태왕이 지면을 박차는 순간 동시에 도주하기 위한 준비는 단단히 하고 있었다.

'나는 얼마든지 따돌릴 수 있다고 생각하나? 그 오만함이 바로 네 발목을 잡을 게다.'

신창태왕은 천천히 호흡을 가다듬었다.

장창을 쥔 그의 손에 내공이 모여든다, 싶은 순간! 신창태왕은 가만히 서 있던 자세 그대로 장창을 던졌다. 준비 동작도 창을 휘두르는 과정도 없이, 그저 장창을 앞으로 내던지는 듯한 단순한 동작.

순간 허공으로 던져졌던 장창은 갑자기 급격한 폭발력과 함께 엄청난 속도로 쏘아져 갔다.

장창이 날아가면서 짓이겨지는 공기와 찢기는 공간이 마구 울부짖었다.

쐐애애액!

요란한 파공성과 함께 십 척 길이의 장창은 순식간에 오륙 장 거리를 격하고 애송이의 등을 찔러 갔다.

"천뢰폭렬(天雷爆裂)!"

뒤늦게 신창태왕의 입에서 일갈의 고함이 터져 나왔다. 동시에 신창태왕은 지면을 박차고 빠르게 몸을 날렸다.

그는 자신의 일격이 빗나갈 거라고는 전혀 상상하지 않

은 듯, 오로지 애송이가 서 있던 바로 그곳을 향해 일직선으로 날아갔다.

애송이, 그러니까 무림십왕 중 한 명을 맡기로 했던 담호는 사색이 되어 있었다.

애당초 등을 보이고 서 있던 것 자체가 실수였다.

물론 곁눈질로 힐끔거리며 신창태왕의 움직임을 확인했지만, 이렇게나 아무런 낌새 없이 창을 날릴 줄은 미처 몰랐다.

그리고 그렇게 신창태왕이 대충 던진 창이 지면에 떨어지기 직전, 마치 이기어검술(以炁馭劍術)의 검처럼 갑자기 방향을 바꾸며 폭발적인 가속력을 발휘하여 자신에게로 날아들 줄은 더더욱 몰랐다.

장창은 무서울 정도로 빠르게 날아들었다. 그 가공할 속도와 감당할 수 없는 파괴력 앞에서 담호는 한 걸음도 움직일 수가 없었다.

무당파의 태극오행신보를 펼쳐 피하기에도, 야래향의 월령투영신이나 원령혼무보를 펼치기에도, 유 노대의 운룡대팔식을 펼치기에도 시간이 부족했다.

어쩌면 당연한 일일지도 몰랐다.

상대는 무림십왕의 신창태왕이었고, 지금 날아드는 장창은 그가 전력을 다해 펼친 회심의 일격이자 최고의 절기였다.

'그래도!'

담호는 이를 악물며 전신에 내공을 휘둘렀다.

'이대로 죽을 수는 없어!'

일순 담호의 전신에 무형의 호신강기가 둘러쳐졌다.

그야말로 철(鐵)로 만든 벽(壁)과 같은 단단한 호신강기. 내공으로 제 몸을 철벽처럼 강화하고 상대의 공격을 튕겨 나가게 만드는 동시에, 상대의 힘을 몇 배로 증폭시켜서 되돌려주는 수법.

바로 철혈권마의 비기 중 하나인 철마신벽(鐵摩身壁)이 담호의 신체를 휘감았다. 동시에 콰앙! 하는 굉음과 함께 신창태왕의 장창이 담호에게 내리꽂혔다.

신창태왕의 장창이 내리꽂히는 순간, 쩌엉! 하는 소리가 몸 깊숙한 곳에서 들려오는 것만 같았다.

가장 깊숙한 곳에 위치한 단전에 금이 가고 갈라지면서 그 금은 쩌어억, 소리와 함께 오장육부와 기맥, 혈맥에까지 퍼져 나가는 것 같았다.

그렇게 퍼진 수천수만 갈래의 열봉(裂縫)은 이내 담호의 근육과 살점과 피부를 산산조각으로 만드는 것 같았다.

그 엄청난 충격과 고통을 견디지 못한 담호는 새우처럼 몸을 굽힌 채 무려 삼사 장이나 튕겨 나가야만 했다.

울컥!

검붉은 피가 입 밖으로 튀어나왔다. 머리는 어지러워 아무것도 생각할 수 없었고, 온몸은 바스러진 것만 같아서 전혀 힘을 낼 수가 없었다.

 그 와중에도 담호는 억지로 자세를 취하고 칼을 빼 들었다. 눈앞은 캄캄해서 안개가 아니더라도 한 치 앞이 보이지 않았지만, 담호는 본능적으로 신창태왕이 우뚝 서 있는 곳을 노려보며 칼을 뻗었다. 그 칼의 무게를 이기지 못한 손이 부들부들 떨리고 있었다.

 "대단하구나."

 장창의 거센 파공성으로 한껏 흩어졌던 안개가 슬금슬금 제자리로 돌아오는 가운데, 신창태왕 송규염은 억지로 칼을 쥔 채 비틀거리는 담호를 바라보며 그렇게 말했다.

 "애송이인 줄은 알고 있었으나 약관도 채 되지 않은 애송이라니……. 그런 애송이에게 내 천뢰신창(天雷神槍)이 박살 나다니 말이지."

 담호는 흐릿한 시야 속에서 삼사 장 앞쪽으로 산산이 부서진 채 나동그라져 있는 장창을 볼 수 있었다.

 철마신벽의 위용이었다. 비록 천뢰신창의 가공할 파괴력을 모두 막아 내지는 못했지만 어쨌든 그 반탄력으로 천뢰신창을 박살 낸 것이었다.

 "보아하니 철혈권마의 철마신벽 같은데…… 만약 네가

지금보다 두 배 이상 내공을 쌓았더라면 아주 좋은 승부가 되었을 것 같구나."

신창태왕은 그렇게 말하며 터벅터벅 걸어왔다.

안개가 쌓이기 시작했다.

신창태왕은 허리를 굽혀 애병(愛兵) 천뢰신창을 주웠다. 창날은 유리처럼 부서졌고, 쇠처럼 단단하면서도 낭창낭창 유연하게 휘어지는 특성의 창간(槍竿)도 반토막이 나 있었다.

신창태왕이 손에 쥔 천뢰신창은 이제 창이라 말할 수 없었다. 몽둥이, 혹은 팔뚝 크기의 막대기라는 표현이 훨씬 더 잘 어울렸다.

"다행이군. 그래도 끝이 뾰족하게 갈라져서."

신창태왕은 그 뾰족하게 부러진 쪽을 창날처럼 겨누며 안개 저편을 바라보았다. 검은 신형은 비틀거리고 있었고, 헐떡거리는 숨소리는 크게 들려왔다.

신창태왕은 그를 향해 걸어갔다.

담호는 머릿속이 빙글빙글 돌고 심지어 역류한 피가 코로 흘러나와서 도저히 정신을 차릴 수가 없었다. 그는 입술을 힘껏 깨물었다. 찢어진 입술에서 피가 흘렀으나 그 한순간 격하게 인 통증으로 정신을 차릴 수 있었다.

'내공을…… 내공을…….'

담호는 정신없는 와중에서도 어떻게든 내공을 끌어모

으려 했다.

'아, 아직 죽으면 안 된다. 아버님과 강 숙부께서 최대한 버티라고 하셨으니까…… 좀 더 이 노인네를 붙들고 있어야 해. 그러니까 내공을…….'

담호가 신창태왕을 놀리듯 일정한 간격을 두고 도주한 이유가 바로 거기에 있었다.

―누가 될지는 모르겠지만 어쨌든 너를 쫓는 자를 최대한 붙잡고 있어라. 네 역할은 바로 그것이다. 미안하지만 네가 맡아 줬으면 한다.

강만리는 담호에게 그렇게 부탁했고, 담호는 힘차게 고개를 끄덕였다. 아무리 상대가 무림십왕이라고 하더라도 일정 시간 동안 계속해서 도망치는 건 그도 할 수 있을 듯싶었던 것이었다.

그러나 역시 무림십왕은 무림십왕이었다.

신창태왕은 담호가 도저히 반응할 수 없을 정도로 빠른 일격을 날렸고, 결국 담호는 그 일격에 만신창이가 되고 말았다. 지금 서 있는 게 용할 정도의 내상과 부상을 당한 것이었다.

'그것만으로는 부족하지. 최대한…… 아버님과 강 숙부께서 돌아오실 때까지는…… 절대로 죽으면 안 돼.'

담호는 '죽으면 안 돼.'라는 말을 주문처럼 외우면서 마지막 남아 있던 기력 한 올, 한 올까지 끌어올렸다.

'도망칠 수 없다면 아예 저 노인의 발을 묶어 두는 거다. 목이 잘리는 한이 있더라도, 노인의 발이나 옆구리에 칼 한 방 쑤셔 넣을 수 있다면 그것으로 내 임무는 완성하는 거다.'

담호는 격한 호흡을 애써 가다듬으며 결의를 다졌다. 마지막 한 번의 공격, 그것으로 하다못해 신창태왕의 발가락이라도 자를 작정이었다.

터벅터벅.

발걸음 소리가 멈췄다.

담호는 고개를 들었다. 서로 손을 뻗으면 손이 닿을 정도의 간격. 그 거리를 두고 신창태왕이 멈춰 섰다.

담호는 아쉬운 기색을 숨겼다. 조금만 더 가까이 다가왔으면, 그리하여 방심하고 있는 신창태왕이 함부로 부러진 창간을 찔러 왔으면, 심장을 내주는 대신 놈의 발등에 아직 서슬 퍼렇게 살아 있는 칼을 꽂을 수 있었을 텐데.

"대단하구나, 애송이."

신창태왕이 감탄하며 말했다.

"그 지경이 되어서도 아직까지 살기를 뿜어내다니 말이다. 하지만 아직 경험이 부족한 건 어쩔 수 없구나."

그는 혀를 차며 말을 이었다.

"그 살기까지 온전히 숨길 수 있었다면 내게 한 방 정도는 먹일 수 있었을 텐데 말이다."

신창태왕은 담호의 칼이 전혀 닿을 수 없는 거리에 우뚝 선 채 물었다.

"그래. 네놈은 무림오적과 어떤 관계더냐? 또 소수음후를 어찌했더냐? 지금 그녀는 어디에 있느냐?"

그는 살기 가득 담긴 눈빛으로 담호를 쏘아보며 말했다.

"제대로 대답해 준다면 더 이상의 고통은 없도록 최대한 빨리 죽여 주마."

4. 거짓말쟁이 애송이

담호는 입술을 악물었다.

찢어진 입술의 피가 입안으로 스며들었다. 피 맛이 씁쓸했다.

그 씁쓸한 피 맛 때문일까. 아니면 그나마 시간이 흘러서였을까. 아니면 철마신벽이 제 역할을 수행해 준 덕분일까.

수십, 수백 개의 균열이 생겨 더는 못쓰게 될 줄 알았던 단전에 내공이 고이기 시작했다.

'조금만…… 반각이라도 시간을 끌면…….'

지금 신창태왕과의 거리를 격하고 일격을 날릴 정도의 내공이 모일 듯했다.

담호는 머리를 굴리다가 불쑥 입을 열었다.

"소수음후라고 불리나요, 그 할머니가?"

"만났던 게로구나, 그녀를."

신창태왕이 가볍게 눈살을 찌푸리며 말했다. 담호는 손을 들어 입가의 피를 훔치며 다시 입을 열었다.

"마침 멱을 감고 있더군요. 물을 마시러 내려갔다가 우연히 마주쳤죠. 그런데 부끄럽게도 나더러 가까이 오라고 하는 겁니다."

"그래. 네 정체가 궁금했을 터이니 당연히 가까이 불러서 물어보려고 했을 게다."

신창태왕의 주름진 목젖이 꿈틀거렸다.

그는 가늘게 눈을 뜬 채 담호의 얼굴을 노려보았다. 안개가 다시 자욱하게 깔리고 있었지만 그래도 담호의 얼굴 근육의 움직임, 떨림 정도는 확실히 분간할 수 있는 거리였다. 신창태왕은 당연히 그럴 능력을 지니고 있었다.

"가까이 다가갔죠. 나더러 무림오적의 일행이냐고 묻더군요. 무림오적이라는 별호는 생전 처음 들어 봤어요, 그때. 당연히 아니라고 대답했죠."

"그럼 네놈은 누구지?"

"그 할머니도 그렇게 물어보더군요. 하지만 누구긴 누구겠어요? 이 산에서 살아가는 약초꾼의 아들이죠."

"약초꾼의 아들? 허어. 누가 그 말을 믿겠느냐?"

신창태왕은 어처구니가 없다는 표정을 지으며 말했다.

"어느 방면의 약초꾼이 제 아들에게 공적십이마의 무공과 구대문파의 무공을 동시에 전수해 줄 수 있다는 말이더냐?"

"아, 내가 익힌 무공 말인가요? 그건 우연히 계곡에서 발견한 시신들 덕분이거든요."

"시신들?"

"네. 계곡에는 죽은 지 수십 년은 된 듯한, 그래서 이미 백골이 된 수십 구의 시신이 서로 엉켜 있었죠. 그 시신들의 썩어 문드러진 옷자락을 뒤지니까 각각 한두 권의 책자가 나오더라고요. 그게 무려 이십여 권 가까이 되었죠."

담호는 거기까지 말한 후 사방을 둘러보며 재차 입을 열었다.

"보시면 알겠지만 할 거라고는 아무것도 없는 산속입니다. 약초를 캐는 것 말고는 지루하기 그지없는 삶이죠. 그래서 책자를 한두 권씩 정독하게 되었고…… 알고 보니 그 책자들이 무공 심법과 초식을 적어 둔 무공 비급이더라고요. 그렇게 익힌 무공일 뿐입니다."

"거짓말을 하는 게로구나?"

"왜 내가 거짓말을 하겠습니까?"

담호는 정면으로 신창태왕을 바라보며 되물었다. 그 당당한 눈빛에 신창태왕은 속으로 중얼거렸다.

'죽은 지 수십 년 된 백골들이라면 역시 정사대전 당시 목숨을 잃은 백도의 고수들과 사마외도의 고수들일까? 하기야 철혈권마 같은 경우에는 아직도 그 생사가 불분명하니, 어쩌면 이런 이름 없는 계곡에서 백골이 되어 있을지도 모르겠구나.'

그러나 야래향은 아니었다. 야래향은 수년 전 사로잡혀 지저갱에 갇혔다가 탈출한 적이 있었다. 즉, 이 계곡에서 백골이 된 채 죽었을 리가 없었다.

'흥! 어디에서 나를 속이려고?'

신창태왕은 그런 속내를 감춘 채 모르는 듯 물었다.

"그런데 네놈의 경공술은 무엇이더냐? 비급에는 무엇이라고 적혀 있더냐?"

담호는 당당하게, 아무 거리낌 없이 대답했다.

"월광무영신(月光無影迅)일 겁니다."

"월광무영신?"

야래향의 경공술이 아닌 까닭에 살짝 실망한 표정을 지었던 신창태왕은 이내 눈살을 찌푸린 채 되뇌다가 문득 "아!" 하며 입을 열었다.

"설마 월광엽사(月光獵師)의 무공이더냐?"

"아, 월광엽사…… 그런 것 같았습니다."

월광엽사는 구천십지백사백마 중 한 명으로 강호에는 그 역시 아직 생사불명으로 알려져 있었다.

애당초 월광엽사가 몽중인(夢中刃)이라는 인물로 신분을 바꾼 채 건곤가의 소가주 천휘수의 심복으로 활약하다가, 장예추들에게 의해 목숨을 잃었다는 사실을 제대로 알고 있는 사람은 오직 화평장 사람들과 신주오대세가의 주요 인물들뿐이었다.

그리고 그 사실은 건곤가의 비밀이 세상에 폭로될 때까지 함구하기로 의견을 나눈 후 극비에 부쳐져 지금껏 세상에 알려지지 않았다.

'흠. 확실히 월광엽사라면 야래향에 뒤지지 않을 정도의 경공술을 지니고 있었지. 그가 지나간 자리에는 달빛 그림자가 남는다는 말이 있을 정도였으니…….'

신창태왕은 담호의 말에서 거짓을 찾기 어려웠다. 그렇다고 이 애송이가 무림오적과 아무런 연관이 없는 평범한 약초꾼의 아들이라는 사실 또한 아직은 믿기 어려웠다.

"그래. 그럼 계속해서 말해 보라. 이후 소수음후는 어찌 되었느냐?"

"모르겠습니다."

담호는 당당하게 거짓말을 늘어놓았다.

"몇 마디 대화를 나눈 후 곧바로 자리를 떠났으니까요. 아무리 할머니라고 해도 멱을 감고 있는 여인과 오랫동안 이야기를 나눌 수는 없었으니까요. 할머니도 꽤 수줍어했고요. 그렇게 헤어져서 집으로 돌아가다가 그 할머니의 비명 소리가 들려서 무슨 일인가 싶어 되돌아왔다가 그만…… 할아버지에게 쫓겨 이런 꼴이 되고 말았고요."

"허어. 그러니까 이 모든 것이 내 잘못이다? 너는 그저 평범한 약초꾼의 아들일 뿐인데?"

"그렇습니다."

담호는 계속해서 단전에 내공이 모이는 걸 확인하면서 입을 열었다.

"그러니 사과를 받고 싶습니다."

"사과라……."

신창태왕은 어이가 없다는 듯 담호를 쏘아보았다.

그들이 대화를 나누는 동안 안개는 더욱 짙어졌고, 이제는 한 치 앞도 제대로 볼 수 없을 정도로 자욱해졌다. 하지만 여전히 신창태왕은 담호의 표정을 확인하며 입을 열었다.

"알고 보니 거짓말쟁이 애송이로구나, 너는."

담호는 속으로 뜨끔했지만 겉으로는 태연하게 물었다.

"왜 절 거짓말쟁이라고 생각하시는데요?"

"방금 너는 소수음후가 꽤 수줍어했다고 말하지 않았

느냐?"

"네."

"내가 아는 한, 그녀는 너처럼 어린 애송이 앞에서 수줍어할 성격이 절대 아니다. 설령 옷을 홀딱 벗고 있었다고 해도 말이다."

일순 담호의 눈빛이 흔들렸다. 신창태왕은 그 흔들리는 표정을 놓치지 않았다.

담호가 얼른 입을 열었다.

"물론 그게 나만의 착각일 수는 있겠지만 어쨌든 나는 그렇게 느꼈습니다. 할머니가 수줍어한다고……."

"감히 누구를 속이려 드느냐!"

신창태왕이 담호의 말을 자르며 소리쳤다. 동시에 그는 부러진 창을 휘둘러 담호의 어깨를 찔렀다.

뾰족한 창간 끝자락이 순간적으로 안개를 꿰뚫고 담호의 어깨를 관통하려는 순간, 신창태왕의 등 뒤에서 낮은 목소리가 들려왔다.

"잘 버텼구나."

부친의 목소리를 듣는 순간, 담호는 걷잡을 수 없이 스며드는 안도감에 하마터면 눈물을 흘릴 뻔했다.

8장.
전설(傳說)이 무너지는 소리

그 희망과 꿈의 한 자락이, 바로 지금 이 순간
처절하게 부서지고 무너져 내렸다.
수십 년간 그 위명(偉名)만으로 강호와 무림을 지배하고
군림하던 열 개의 전설이 하나둘씩 무너지고 있었다.

전설(傳說)이 무너지는 소리

1. 마지막 목소리

 찰나의 일합으로 저승길 앞까지 다녀온 강만리였지만 두려워하거나 움찔거리지 않았다.
 외려 그는 재차 지면을 박차며 무적전왕 한백남의 가슴 팍으로 파고들었다. 순식간에 한백남의 코앞에 이른 강만리의 손에서 강대무비한 장력이 걷잡을 수 없이 쏟아졌다.
 담우천 또한 약속이라도 한 듯 한백남의 옆구리를 향해 일원검을 펼쳤다. 그의 검극이 소용돌이를 일으키며 한백남을 집어삼켰다.
 '젠장!'

한백남은 속으로 투덜거리며 연속해서 뒤로 물러서야만 했다. 한 번 잡았던 승기를 놓치자마자 곧바로 절대적인 열세로 몰린 것이었다. 이렇게 될 줄 알았더라면 팔 하나 내줄 각오로 강만리를 죽였어야 했다.

그러나 후회는 언제나 늦는 법이었다.

한 번 열세로 몰린 순간, 강만리와 담우천의 합공은 쉴 틈이 없이 쏟아져 들어왔다.

압도적인 힘이 담긴 야우린은 안개를 찢어발기며 한백남의 전신을 후려 팼고 강만리의 왼손에서는 쉬지 않고 장력과 지풍이 쏟아졌다.

담우천의 검은 사각을 타고 절묘하게 파고들어 한백남의 요혈을 찔렀다. 한백남이 재빠르게 대응하여 조금 거리를 벌렸다 싶으면 여지없이 거대한 소용돌이가 그를 덮쳐 왔다.

역공은 물론 제대로 방어조차 할 수 없을 정도의 파괴적인 공격이 동시다발적으로 한백남의 전신을 후려치고 있었다.

한백남도 만만치 않았다.

그는 최소한의 움직임만으로 담우천과 강만리의 공격을 피하는 것으로 체력을 덜 소모하는 한편, 옷에 걸린 십수 개의 병장기를 자유자재로 소환하여 적재적소에 활용하며 그들의 공격을 막거나 분산시켰다.

그야말로 노련함이 화후의 경지에 달한, 그야말로 백전백승(百戰百勝)의 관록과 경험을 바탕으로 이뤄지는 대응이라 할 수 있었다.

 이대로라면 수십 초, 수백 초, 아니 밤이 될 때까지 싸워도 끝이 날 것 같지 않은 상황이었다.

 물론 그렇게 되더라도 이미 승기를 잡은 강만리와 담우천이 불리해질 리가 없었다. 어쨌든 체력은 그들이 우세했고, 내공만 보더라도 강만리가 절대 부족할 게 없었으니까.

 하지만 문제는 무적전왕 한백남이 아니었다.

 담호를 뒤쫓은 신창태왕이, 진재건의 뒤를 쫓은 십전궁왕이 문제였다.

 비록 담호의 무공이 비약적으로 발전했지만 또 철저하게 방심하고 있던 소수음후의 마혈을 제압하기도 했지만, 그래도 무림십왕 중 한 명과 정면으로 부딪쳐서 싸워 이길 정도까지는 아니었다.

 진재건도 비슷했다. 그의 진정한 실력이 어느 정도인지는 알 수 없었지만 결국 그 역시 이른바 백야라고 불리는 황계 최고수 중의 한 명이었다. 절대로 무림십왕과 싸워 이길 정도의 실력은 아닐 터였다.

 그러니 최대한 빠르게 승부를 내야 했다. 담호나 진재건이 혹은 두 사람 모두 위기에 처하기 전에, 무적전왕과의 승부를 끝내고 그들을 도와야 했다. 그리고 바로 그것이 애당초 강만리가 세운 계획이기도 했다.

"이제 그만 끝냅시다, 형님!"

강만리가 야우린을 휘두르며 소리쳤다. 한백남이 어처구니가 없다는 듯이 껄껄 웃었다.

"내가 조금 선기(先機)를 빼앗겼다지만 네놈들 마음대로 승부를 끝낼 수 있다고 생각하는가?"

무적전왕 한백남은 강만리가 서두르는 이유를 익히 잘 알고 있다는 듯이 소리쳤다.

"날 죽이려면 최소한 이틀 이상은 이렇게 싸워야 할 걸세! 그때가 되면 내 체력이 모두 바닥날 테니 말이야!"

한백남은 쇠스랑처럼 생긴 무기로 야우린을 얽어매는 동시에 유성추처럼 생긴 무기를 휘둘러 담우천의 검을 막았다.

그렇게 투로와 초식에 얽매이지 않은 채 그 순간순간의 상황에 따라 유연하게 대처하는 움직임이야말로 무적전왕이라는 별호가 붙여진 이유라 할 수 있었다.

하지만 한백남이 모르는 사실이 있었다.

야우리는 그냥 뭉툭하게 생긴 쇠막대가 아니었다. 손잡이 부분의 단추를 누르면 화살처럼 빠르게 쏘아지는 비밀이 담겨 있는 무기였다.

강만리는 한백남의 쇠스랑과 야우린이 얽히는 순간, 그

대로 단추를 눌렀다.

스팟!

일순 파공성이 일면서 쇠스랑에 얽혔던 야우린이 그대로 한백남의 가슴을 향해 날아들었다. 그 순간적인 돌발 상황에는 천하의 한백남마저도 전혀 예상하지 못한 듯 움찔거리며 당황해했다.

그러나 한백남은 역시 무적전왕이었다. 담우천과 강만리를 견제하느라 양손을 움직이지 못하게 된 한백남은 그 자세 그대로 허리를 뒤로 젖혀서 야우린의 공세를 피하려 했다.

바로 그때였다.

한 손으로 검을 휘둘러 한백남의 유성추와 맞서던 담우천이 다른 한 손으로 마치 보이지 않는 창을 던지듯 한백남의 옆구리를 향해 휘둘렀다.

근자(近者)에 완성한 무영비격창(無影飛擊槍)의 일격!

소리가 나지 않고 형체가 보이지 않는 무언가가 빠른 속도로 한백남의 옆구리로 날아들었다. 비록 보이는 것도 들리는 것도 없었지만 본능적으로 위기를 직감한 한백남의 낯이 굳어졌다.

'제기랄!'

야우린과 보이지 않는 장창이 절묘하게 한백남의 아래위를 파고들었다. 몸을 일으켜 세울 수도, 뒤로 더욱 누울 수도 없었다.

 방법은 오직 하나, 쇠스랑과 유성추를 빠르게 거둬들여서 야우린을 쳐 내고 무형의 장창을 막아 내는 방법뿐이었다.

 빠르게 상황을 확인한 한백남은 이를 악물며 두 팔을 휘둘렀다. 촤라락! 소리와 함께 유성추가 돌아오고 챙! 하는 소리와 함께 쇠스랑이 야우린을 거둬 냈다. 실로 완벽한 임기응변의 방어였다.

 "컥!"

 하지만 다음 순간, 한백남의 입에서 신음이 터져 나왔다. 유성추와 보이지 않는 장창의 공격은 그가 무기를 거둬들이게 만든 미끼에 지나지 않았다.

 한백남이 무기를 거둬들이는 순간, 강만리는 마라수타 십이박의 수법으로 그의 옆구리를 후려쳤다.

 비록 한백남이 호신강기로 몸을 보호한다고는 하지만 무려 이 갑자가 족히 넘는 가공할 내력이 제 옆구리를 강타하는 걸 막아 내기에는 역부족이었다.

 동시에 담우천의 무극섬사가 한백남의 다리를 꿰뚫었다. 그가 익힌 무공 중에서 가장 숙련도가 뛰어나고 완성도가 높은 검법이 바로 무극섬사였으니, 그것이 바로 그를 사선행수로 만들어 준 성명절기였다.

 한백남의 눈이 금방이라도 튀어나올 것만 같았다. 오장

육부가 자리를 이탈하고 담우천의 무극섬사에 관통당한 다리에서는 피가 철철 흘러나왔다.

 그 와중에도 한백남은 재차 쇠스랑과 유성추를 휘둘러 담우천과 강만리를 뒤로 물러나게 만든 다음 허리를 펴며 자세를 잡으려 했다.

 그러나 강만리와 담우천은 그를 가만히 놔두지 않았다.

"멈춰라! 금강류하!"

 강만리의 입에서 천둥과도 같은 고함이 연달아 터져 나왔다. 내공의 힘으로 상대의 동작을 일시적으로 멈추게 만드는 심등귀진박과 금강류하가 동시에 펼쳐진 것이었다.

 담우천 또한 망설이지 않았다. 그의 검극은 나선형의 원을 그려 내며 한백남의 가슴을 찔렀다.

 한백남은 보법을 밟아 그 자리에서 벗어나려 했다. 하지만 심등귀진박의 위력 때문인지 아니면 조금 전 무극섬사에 관통당한 왼발 때문인지 한순간 그는 자신이 의지대로 움직일 수가 없었다.

 바로 그때였다.

 황금빛 광채가 한백남의 복부를 박살 내고 나선형의 검기가 그의 심장을 관통한 것은.

 그의 얼굴이 일그러졌다.

"이런."
그게 무적전왕 한백남의 마지막 목소리였다.

2. 순서

놀라운 일이었다.
믿어지지 않을 성과였다.
천하의 무적전왕 한백남을 상대로 싸워서 별다른 피해 없이 그를 죽인 것이다. 이제는 이 대 일의 싸움이라면 무림십왕마저 생각보다 수월하게 해치울 수 있는 경지까지 오르게 된 것이었다.
철목가주 정극신과 싸울 때는 무려 네 명이 힘을 합쳐서 겨우 그를 해치웠는데, 불과 사오 년 사이에 이렇게나 강해진 것이었다.
아무렇게나 뻗어 있는 무적전왕 한백남 앞에서 강만리가 야우린을 챙기며 말했다.
"그럼 이제 담호를 도와주러 가죠."
"아니."
담우천은 검을 거두며 대꾸했다.
"먼저 진 당주에게로 가자."
"네? 왜요?"

강만리의 눈이 휘둥그레졌다.

"진 당주는 담호보다 조금이라도 더 버틸 수 있을 텐데요? 그러니 급하기는 담호가 훨씬 급할 겁니다."

"하지만 진 당주가 가깝다."

담우천은 힐끗 고개를 돌려 계곡 위쪽을 쳐다보며 말을 이었다.

"최대한 빨리 진 당주에게 합세하여 십전궁왕을 해치우고 다시 담호에게 가는 게 지금 상황에서는 최선이다. 예서 멀리 떨어진 담호를 도와주러 갔다가는 자칫 진 당주가 위험에 처하게 된다."

"하지만 형님. 담호가 더……."

"다툴 시간이 없다. 바로 움직이자."

검을 거둔 담우천은 곧장 지면을 박차고 산기슭으로 뛰어올랐다. 강만리는 손을 뻗어 그를 붙잡으려다가 이내 고개를 휘휘 내젓고는 서둘러 경공술을 펼쳤다.

기슭 위로 오른 두 사람은 천조감응진력을 발휘하여 진재건과 십전궁왕의 위치를 찾기 시작했다.

역시 담우천의 말이 맞았다. 진재건은 계곡에서 그리 멀리 떨어지지 않은 숲속에서 십전궁왕과 대치 중이었다.

십전궁왕 이겸수의 짜증 가득한 목소리가 안개 저편에서 희미하게 들려왔다.

"정말이지, 미꾸라지 같은 놈이로구나! 좋다! 네가 얼마나 오랫동안 내 화살을 피할 수 있는지 보자꾸나, 강만리!"

'응? 나?'

강만리는 눈을 동그랗게 뜬 채 담우천의 뒤를 따라 곧장 소리가 들려온 방향으로 신형을 날렸다.

* * *

이 시대의 궁수(弓手)가 사용하는 화살의 종류는 생각보다 많아서 무려 십수 가지나 되었다.

조그맣지만 그 어떤 화살보다 빠르게 날아가는 편전(片箭)을 시작으로 살촉이 버들잎처럼 생긴 유엽전(柳葉箭), 길이가 편전의 두 배가 넘는 장전(長箭), 쇠로 만든 철전(鐵箭), 그 철전도 그 무게에 따라서 육량전(六兩箭), 아량전(亞兩箭) 등으로 나뉘며, 가느다란 세전(細箭) 등등 그 용도와 용법에 따라서 사용하는 화살이 서로 달랐다.

십전궁왕 이겸수의 전통(箭筒)에는 스물두 발의 철전이 남아 있었다. 이겸수는 일반적으로 서른세 발의 쇠 화살을 가지고 다녔는데, 진재건을 상대하느라 벌써 열한 발의 철전을 사용한 것이었다.

그건 치욕이었다.

하나의 쇠 화살로 열 사람을 해치운다는 십전궁왕이었다. 노리고 쏘아서 맞추지 못하는 것이 없다는 그였다. 그런데 열한 발을 쏘고서도 아직도 놈을 제압하지 못한 것이었다.

'이게 다 이 빌어먹을 안개 때문이다!'

이겸수는 분했다.

자욱한 안개로 시야가 가려져 있지 않았더라면 이미 놈을 죽이고도 몇 번은 더 죽였을 터였다.

십전궁왕 이겸수는 몇 번이고 놈의 기척을 정확하게 추적하여 활을 쏘았다. 그의 강맹한 철전은 정확하게 놈의 기척을 관통했다.

그러나 정작 가 보면 놈은 이미 사라진 후였고, 이겸수의 철전은 놈이 방패 삼았던 아름드리나무에 깊숙하게 박혀 있었다.

비열하게도 놈은 시야가 철저하게 가려진 것과 주변 울창한 나무들을 이용하여 이겸수를 농락하고 있었다.

결국 이겸수는 놈의 기척을 인지하는 순간 먼저 화살을 쏘아서 주변 안개를 흩뜨렸다. 그리고 나서 직접 눈으로 놈이 숨어 있는 걸 확인한 후에 비로소 놈을 향해 철전을 날렸다.

그래서였다. 생각보다 훨씬 많은 철전을 쏘았음에도 불구하고 아직도 놈을 죽이지 못한 까닭은.

'뭐 그러니 무림오적이겠지만.'

이겸수는 지금 자신이 무림오적 중 한 명을 상대하고 있다고 착각했다. 그 영악하고 비열한 행동을 보건대 아무래도 무림오적의 우두머리인 강만리임이 분명했다.

이겸수는 아름드리나무 높은 곳에 올라 사방을 내려다보며 소리쳤다.

"평소 영악하고 비열하다는 사실은 잘 알고 있었지만 이렇게 계집처럼 행동할 줄은 미처 몰랐다, 강만리!"

이겸수의 목소리는 마치 사방에서 들려오는 것 같아서 놈은 절대로 그의 위치를 찾아낼 수 없었다.

반면 이겸수는 격장지계를 당한 강만리가 발끈하여 소리치는 즉시, 언제든지 그곳으로 활을 쏠 준비가 갖춰진 상황이었다.

이겸수는 재차 소리쳤다.

"그러고도 네깟 놈이 무림오적의 우두머리란 말이더냐? 네놈의 꼬락서니를 보건대, 무림오적이라는 작자들이 얼마나 하찮고 허울 좋은 존재들인지 잘 알겠구나!"

이겸수는 활시위를 잡아당긴 채 연신 소리쳤다. 그는 이 정도 비아냥과 조롱을 들었다면 절대 참지 못할 거라고 자신했다. 이걸 참는다면 무림인이 아니라고 생각했다.

하지만 정작 기척을 최대한 감춘 채 숨어 있는 진재건

은 그저 어이가 없을 따름이었다.

'왜 자꾸 나를 강 장주라고 부르지? 어디서 그런 착각을 하게 된 거야?'

진재건은 몸에 박힌 두 자루의 철전을 힐끗거리며 그렇게 의아해했다.

'뭐, 어쨌든 이 정도만 해도 다행이다. 하마터면 죽는 줄 알았으니까.'

확실히 천만다행이기는 했다.

처음 십전궁왕 이겸수가 날렸던 몇 발의 화살 중 한 발이 어깨에 박혔을 때는 그대로 죽는 줄로만 알았으니까. 다행히 짙은 안개가 시야를 차단했고, 때마침 바람은 이겸수에게서 진재건 쪽으로 불어오고 있었다.

그 날씨 덕분에 진재건이 이 정도 부상을 입은 줄 십전궁왕은 알지 못했으며, 또 피 냄새 또한 맡지 못하고 있기에 진재건의 위치는 물론 그의 부상 소식도 전혀 알 수 없었다.

만약 진재건의 부상을 십전궁왕이 눈치챘더라면 지금과는 또 다른 상황으로 변했을지도 몰랐다.

'어쨌거나 우선 지혈은 해 두었고, 놈과 거리는 충분히 벌려 두었으니까 이대로 느긋하게 시간을 보내면 되겠지.'

진재건은 아름드리나무 뒤에 최대한 몸을 웅크리고 앉

아서 그렇게 생각했다.

 진재건 역시 강만리에게 시간을 벌어 달라는 지시를 받고 움직이는 중이었다. 그러니 굳이 이겸수와 정면으로 부딪쳐 싸울 이유가 없었다.

 물론 진재건 또한 무림십왕과 한판 겨뤄서 그 실력의 고하를 확인하겠다는 호승심이 없는 게 아니었지만, 그건 어디까지나 개인적인 욕심이었다. 지금은 강만리의 지시에 따라 움직이는 게 그의 역할이었다.

 '무림십왕과 싸우는 건 나중에라도 얼마든지 할 수 있으니까.'

 진재건은 지그시 눈을 감았다. 미미하게 바람이 흘러 들어왔다. 진재건은 그 바람 속에서 이겸수의 냄새를 맡을 수 있었다. 그리고 문득 두 개의 또 다른 냄새도 이겸수의 코끝으로 스며들었다.

 눈을 감은 진재건의 입가에 씨익, 미소가 걸쳤다.

 '역시…… 장주들이시라니까.'

 그가 새롭게 맡은 냄새는 바로 강만리와 담우천의 냄새였다. 그리고 그 두 개의 냄새는 이겸수의 좌우 양쪽에서 흘러 들어왔다.

 '협공이라…….'

 진재건은 잠시 생각하다가 자리에서 벌떡 일어났다. 그는 숨어 있던 아름드리나무 옆으로 몸을 내밀며 소리쳤다.

"내 형제들을 욕하지 말라!"

그의 목소리는 안개를 사방으로 흩뜨릴 정도로 쩌렁쩌렁하게 울려 퍼졌다.

'옳거니!'

나무 높은 가지 위에 우뚝 서 있던 이겸수가 내심 쾌재를 불렀다. 그의 격장지계가 성공한 것이었다.

십전궁왕은 겨누고 있던 화살의 방향을 돌려 방금 흩어진 안개 사이로 보였던 진재건을 향해 활을 쏘았다. 그의 손가락이 막 활시위를 떠나려는 순간이었다.

이겸수의 오른쪽에서 강렬한 장력이 노도처럼 밀려들었다.

'음?'

이겸수의 손가락이 한순간 흔들렸다.

파앙! 소리와 함께 벼락처럼 쏘아진 철전은 순식간에 진재건의 바로 옆 지면에 내리꽂혔다. 진재건은 뒤늦게 움찔거리며 나무 뒤로 몸을 피했다.

'이런 젠장!'

이겸수의 얼굴에 분노의 기색이 스며드는 순간 콰앙! 하며 천지가 무너지는 듯한 굉음이 일더니 동시에 그가 서 있던 아름드리나무가 요란한 소리를 내며 쓰러졌다.

누군가 발출한 강맹한 장력에 그만 그 거대한 나무가 부러진 것이었다.

이겸수는 당황하지 않고 허공 높이 몸을 띄웠다. 동시에 그는 공중에서 화살을 재고 몸을 틀어 장력이 쏘아진 방향으로 활을 겨냥했다.

 바로 그때였다.

 저 아래쪽에서 보이지도, 들리지도 않는 무언가가 섬전처럼 빠르게 날아들어 이겸수의 회음혈(會陰穴)을 파고들었다. 그야말로 절묘하기 이를 데 없는 최적의 일격이었다.

3. 세상을 호령할 이름

 '이런!'

 이겸수의 안색이 급변했다.

 그 무언가가 자신을 향해 날아든 기척을 너무 뒤늦게 알아차린 것이었다. 게다가 이미 한 차례 허공에서 몸을 튼 후였다. 그 기척을 피하거나 막을 방도가 없었다.

 '젠장!'

 사색이 된 이겸수는 순간적으로 전신에 두르고 있던 호신강기를 최대한 두껍게 제어했다.

 그러나 아무래도 때는 늦은 모양이었다.

 콰아앙!

벼락 치는 소리가 이겸수의 귓전에서 터졌다. 정체를 알 수 없는 무언가가 그의 호신강기를 박살 내는 동시에 회음혈을 관통하는 듯한 충격과 고통이 일었다.

"으윽!"

 그 감당할 수 없는 충격과 고통 속에서 이겸수는 외마디 신음을 토해 내며 마치 화살 맞은 새처럼 그대로 사오장 거리의 땅으로 추락했다.

 이미 이겸수에게는 자세를 고쳐잡고 안전하게 착지할 정신과 틈이 없었다. 그가 떨어져 내리는 지면에는 어느새 멧돼지처럼 생긴 작자가 버티고 서 있다가 황금빛 광채가 일렁이는 장력을 쏘아 냈다.

 퍼엉!

 그 막강한 장력에 격중당하는 순간, 폭죽 터지는 소리와 함께 이겸수는 다시 하늘 높이 솟구쳤다. 그렇게 그가 허공 가장 높은 곳까지 솟구쳤을 때 또 한 차례의 보이지 않는 날카로운 것이 날아들었다.

 이때는 이미 이겸수는 온몸이 산산이 박살 나는 고통 속에서 정신을 잃은 상황이었고, 그로 인해 무영(無影), 무형(無形), 무음(無音)의 무언가가 자신의 생명을 관통했다는 사실도 모른 채 목숨을 잃고 말았다.

 쿵!

 십전궁왕 이겸수가 땅으로 추락하며 들려온 굉음은 지

전설(傳說)이 무너지는 소리 〈237〉

난 수십 년간 무림을 지배해 왔던 전설(傳說)이 무너지는 소리였다.

 태극천맹이라는 거대한 연합체가 무림에 군림하고, 다시 그 태극천맹을 오대가문이 지배하는 수십 년 동안 무림십왕은 전설이 아닌 적이 없었다.

 그것은 그 어느 곳에도 몸을 의탁하지 않은 채 고고하게 혹은 독불장군인 양 홀로 세상을 떠도는 이들이 만들어 낸 전설이었고, 동시에 무림인이라면 누구나 숭앙(崇仰)하고 그렇게 되고자 하는 희망이며 꿈이었다.

 그 희망과 꿈의 한 자락이, 바로 지금 이 순간 처절하게 부서지고 무너져 내렸다.

 수십 년간 그 위명(偉名)만으로 강호와 무림을 지배하고 군림하던 열 개의 전설이 하나둘씩 무너지고 있었다.

* * *

"잘 버텼구나."

 침착하게 말하는 담우천의 목소리 깊은 안쪽에는 초조함과 불안함, 그리고 다급함의 기운이 숨겨져 있었다.

 당연했다. 강만리 앞에서는 전혀 내색하지 않았지만 그의 아들 담호가 저 무림십왕의 신창태왕에게 쫓기고 있었다. 그야말로 초조하고 불안하고 다급하지 않을 수가 없었다.

 담우천은 십전궁왕 이겸수가 추락하는 순간, 그의 생사는 아랑곳하지 않은 채 전력을 다해 이곳으로 날아왔다. 그의 어깨가 가볍게 들썩이는 이유가 바로 그 때문이었다.

 신창태왕 송규염은 천천히 몸을 돌렸다. 바로 그의 뒤에 한 명의 건장한 중년인이 검을 쥔 채 우뚝 서 있었다.

 '으음.'

 그 중년인의 얼굴을 확인한 송규염의 새햐얀 눈썹이 꿈틀거릴 때, 뒤늦게 하나의 뚱뚱한 신형이 안개를 뚫고 달려와 그 곁에 멈춰 섰다. 그리고 약간의 시간차를 두고 새로운 기척이 송규염의 곁을 지나쳐 뒤로 날아들었다.

 '협공인 건가?'

 아니었다. 송규염의 뒤로 날아든 이는 곧장 어린 애송이에게로 달려가 그의 안위를 살피고 있었다.

 송규염은 오연한 눈빛으로 정면의 두 사내를 쓸어 보며 입을 열었다.

 "내 동료들은 이미 다 죽은 겐가?"

 그는 모든 상황을 눈치챈 듯 그렇게 물었다. 오른쪽의 멧돼지처럼 생긴 작자가 한 걸음 앞으로 나서며 대답했다.

 "그렇소. 이제 노인네만 남았소."

"허어."

송규염은 어이가 없었다.

천하의 소수음후, 무적전왕, 십전궁왕이 이런 애송이들에게 모두 죽임을 당했다니.

지금 이 상황이 아니라면 절대 믿지 못할 이야기였다.

그러나 상황이 사실임을 증명하고 있었다. 무림오적 패거리들이 모인 가운데, 신창태왕의 동료들은 단 한 명도 달려오지 않았다. 멧돼지 같은 놈의 말은 사실이었다.

송규염은 더는 분노하지 않았다.

이미 마음의 각오를 한 것일까. 그는 초연한 눈빛으로 처음 모습을 드러냈던 건장한 체구의 중년인을 바라보며 천천히 입을 열었다.

"오랜만이군."

중년인, 담우천이 말했다.

"오랜만입니다, 송 노사(老師)."

"아까 저 애송이에게 했던 말로 미뤄 짐작해 보니 아무래도 자네의 아들인 모양이로군그래."

"부끄럽습니다."

"허어, 부끄럽기는. 역시 호부(虎父) 밑에 견자(犬子)가 없는 법인 게야. 아주 제대로 잘 키웠어."

"감사합니다."

담우천은 다른 무림십왕들과는 달리 신창태왕 송규염

에게는 나름대로 깍듯하게 예를 갖춰 대우하고 있었다. 아무래도 과거의 인연이 남다른 모양이었다.

송규염은 힐끗 제 손을 내려다보았다. 볼품없이 박살 난 그의 애병 천뢰신창이 그곳에 있었다.

송규염이 툴툴거리며 웃었다.

"허허허. 정말 난감하군그래. 천뢰신창이 온전하다고 하더라도 자네와 자네의 친구들을 상대로 싸워 승리를 장담할 수 없거늘, 이 모양 이 꼴이니 말일세."

"양보해 드릴 생각은 없습니다."

담우천은 무덤덤하게, 냉정하게 말했다.

"어쨌든 제 아들을 저리 만든 대가를 치르셔야 하니까요."

"흠."

송규염은 뒤를 힐끗 돌아보았다.

담호는 새로 모습을 드러낸 사내의 품에 안긴 채 축 늘어져 있었다. 그의 몸은 만신창이었다. 그저 죽지 않은 게 천만다행이었다.

송규염은 다시 담우천을 돌아보며 씨익 웃었다.

"정말 잘 키웠군그래. 약관도 채 되지 않은 애송이가 내 천뢰신창을 박살 내다니 말이지. 앞으로 십 년 후라면 천하의 그 누구도 저 아이를 상대할 수 없을 것 같아."

"아쉽지만 그 모습을……."

담우천이 천천히 검을 뽑아 들며 말했다.

"송 노사께서는 살아생전 볼 수 없을 겁니다."

"허허, 그것 참 아쉽군."

신창태왕 송규염은 부러진 창 자루를 고쳐 쥐었다. 멧돼지처럼 생긴 사내, 강만리도 야우린을 움켜쥐며 자세를 낮췄다. 송규염의 등 뒤에서 부스럭거리며 움직이는 소리가 들려왔다.

"아, 자네는 담호를 지키게."

담우천이 송규염에게서 시선을 떼지 않은 채 말했다. 송규염이 물었다.

"장남인가?"

"장남입니다."

"담호라…… 좋은 이름이군그래."

"앞으로……."

담우천이 한 걸음 앞으로 내디디며 말을 맺었다.

"세상을 호령할 이름입니다."

동시에 그의 검극이 희미하게 원을 그리기 시작했다.

9장.
그녀에게 주었던 모든 것들이

'내가 언제부터 자식을 챙겼다고…….'
아이를 싫어해서 자식 갖는 걸 반대하던 그였다.
아들을 둘이나 낳고서도 애정을 주지 않았던 그였다.
자신의 모든 정(情)과 사랑을 아내 자하에게 주었기에,
자식들에게 줄 정과 사랑이 남아 있지 않았다고 생각하던 그였다.

그녀에게 주었던 모든 것들이

1. 부러울 겁니다

 담호는 생각보다 많이 다친 반면, 진재건은 생각 외로 큰 부상을 입지 않았다.
 진재건의 경우에는 화살 한 대가 어깨에 박힌 것 외에는 대여섯 곳의 신체 부위에 찰과상을 입은 게 전부였다. 진재건의 몸 상태를 본 강만리는 꽤 놀랐고, 또 그래서 그에 대한 생각을 바꿔야만 했다.
 '어쩌면 황계의 백야들 중에서 가장 강한 인물인지도…….'
 상대는 어디까지나 무림십왕의 십전궁왕이었다. 그런 초절정의 고수를 상대로 싸우면서 이 정도의 부상밖에 입지 않았다면 그건 확실한 선전(善戰)이었다.

어쩌면, 그러니까 진재건이 목숨을 걸고 싸우려 들었더라면 십전궁왕 이겸수도 그 생사를 장담할 수 없었을지 모르는 일이었다.

 '하기야 그 정도가 되니까 십삼매의 경호를 맡을 수 있었겠지.'

 강만리는 그렇게 생각하며 그의 어깨에 박힌 화살을 빼내고 있었다.

 비수(匕首)로 상처 부위를 절개한 다음 끝이 뾰족하고 넓은 몸통을 가진 화살촉을 빼내는 과정에서 살점이 뭉텅이로 뜯기고 피가 샘솟듯 흘러나왔지만, 진재건은 신음 한 번 흘리지 않았다.

 강만리는 조심스럽게 화살을 빼낸 다음 금창약(金瘡藥) 가루를 상처 부위에 골고루 뿌렸다.

 소림사의 약당에서 준비해 준 옥령산(玉靈散)은 강호 무림에 존재하는 수백수천 가지의 금창약 중에서도 세 손가락 안에 드는 효능을 지니고 있었다.

 금창약은 금창(金瘡)이라는 단어 그대로, 칼이나 검 같은 쇠붙이에 당한 부상을 치료하는 약인 동시에 피를 멈추게 하는 지혈제의 효과도 겸비했다.

 그 과정에서 상당한 고통을 유발시키는데, 진재건조차 그 통증은 참을 수 없었는지 처음으로 얕은 신음을 흘렸다.

 "으음."

강만리가 물었다.

"많이 아픈가?"

"괜찮습니다. 저보다는 소장주가 걱정입니다."

강만리는 금낭에서 거무튀튀하고 말랑말랑한 무언가를 꺼내며 흘낏 담호를 돌아보았다.

담호는 죽은 듯이 누워 있었는데 담우천이 곁에 앉아서 그의 전신을 주무르고 두드리고 있었다. 추궁과혈(推宮過穴)의 수법을 펼쳐서 담호의 기맥과 혈맥을 이어 주는 중이었다.

강만리는 다시 비수를 들어 그 거무튀튀한 물건을 조금 잘라 낸 후, 한지(漢紙) 위에 놓고 열양지력(熱陽之力)으로 녹였다.

그러자 검은 물체는 이내 끈적거리는 고약(膏藥) 형태로 바뀌었고, 강만리는 진재건의 상처 부위에 그 고약을 붙였다.

그 또한 소림사의 약당에서 얻어 온 약으로, 혈육아고(血肉芽膏)라는 고약의 일종이었다. 말 그대로 피와 살을 새로 돋게 만드는 효능이 있었으며, 통증까지 완화하는 마비 효과까지 가지고 있었다.

강만리가 그렇게 혈육아고를 붙인 후 붕대를 칭칭 동여매는 것으로 치료를 마치자, 진재건은 자리에서 일어나 강만리를 향해 허리를 숙이며 감사의 표시를 전했다.

"감사합니다."

"감사는 무슨. 내가 다치면 자네는 치료해 주지 않을 건가?"

"그야……."

"그러니 이 정도 일에 고마워할 필요가 없는 게지. 그리고 애당초 고마워하려면 내가 자네에게 고마워해야 하는 거고."

강만리는 희미하게 웃으며 말했다.

"자네가 십전궁왕의 발목을 제대로 잡아 준 덕분에 생각보다 쉽게 무림십왕을 해치울 수 있었으니까."

"그게 어디 제 공로이겠습니까? 강 장주께서 계략을 잘 세운 덕분이지요."

무림십왕 중 네 명이 쫓아왔다. 만약 그들과 한꺼번에 부딪쳐 싸웠더라면 아무리 담우천이 있더라도, 강만리가 건재하더라도 저들을 이길 수 없었을 것이다.

즉, 그들 넷이 하나가 되지 않도록, 넷으로 나눠서 하나씩 해치울 수 있도록 세운 계획이야말로 승리의 원동력이었다.

"하지만 아무리 계획을 잘 세우더라도 결국에는 사람이 중요한 법이다. 진 당주나 담호처럼 제 역할을 제대로 수행할 수 있는 사람이 과연 얼마나 되겠느냐? 결국 내가 잘나서 이긴 게 아니라 진 당주와 담호가 잘나서 이긴 게지. 그러니 당연히 내가 고맙다고 해야 하는 거고."

강만리의 말에 진재건은 머쓱한 표정을 지으며 머리를 긁었다. 아무래도 이런 칭찬은 낯간지러울 수밖에 없었다.

진재건은 가볍게 헛기침을 하면서 입을 열었다.

"그나저나 소장주는 괜찮을까요?"

"다행히도."

강만리는 다시 담호와 담우천을 돌아보며 말을 이었다.

"담 형님이 말씀하시기를 천만다행이라고 했으니, 다시 예전 모습을 회복할 게야. 시간은 조금 걸리겠지만."

"참 이럴 때 만해거사께서 자리를 비우신 게 안타깝습니다."

"누가 이렇게 될 줄 알았나? 예까지 예상해서 만해 사부를 붙잡았더라면 그건 사람이 아니지."

만해거사가 포달랍궁으로 떠난 지도 제법 시일이 흘렀다. 아무리 천하의 강만리라 할지라도 지금 이런 상황을 예견하여 그를 붙잡고 놔주지 않을 수는 없었다.

두 사람이 낮은 목소리로 두런두런 나누는 대화는 담우천의 귀에 들리지 않았다. 지금 담우천은 전심전력을 다해 아들 담호에게 추궁과혈을 펼치고 있었다.

추궁과혈은 내상을 입은 자를 치료하는 데 가장 좋은 의술이었다.

전신을 주무르고 쓸고 밀고 두드리는 방식으로 막힌 기

그녀에게 주었던 모든 것들이 〈249〉

와 혈을 타통하고 근육을 이완시키고 혈도를 자극하여, 위치를 벗어난 오장육부를 제자리로 되돌리고 내상을 치료하는 탁월한 효능이 있는 게 바로 추궁과혈의 수법이었다.

하지만 매우 섬세하고 오랜 시간이 걸리는 작업인 데다가 추궁과혈을 시전함에 있어서 부족하거나 과함이 없이 내공을 조절할 줄 알아야 했다.

무엇보다 그 오랜 시간 동안 진기를 자유자재로 운용할 수 있을 정도의 깊고 심오한 내공을 지니고 있어야만 가능했기에, 그 탁월한 효능에 비해서 정작 추궁과혈을 펼칠 줄 아는 사람이 극히 적은 것 또한 현실이었다.

담우천은 신창패왕을 쓰러뜨린 지 반 시진이 지나도록 담호에게 추궁과혈을 펼치고 있었다. 그의 이마에는 굵은 땀방울이 맺혀 있었다.

-그러고 보니 자네를 닮았군그래. 얼굴이나 행동이나 성격 모두 말일세.

죽기 전 신창패왕은 그렇게 말했다.

뒤늦게 달려온 강만리와 진재건의 합류 덕분에, 그리고 무엇보다 담호와 일합을 나누며 그의 애병이 박살 나고 약간의 내상을 입은 까닭에, 담우천은 의외로 쉽고 간단하게 신창패왕을 쓰러뜨렸다.
 그렇게 쓰러진 신창패왕은 담우천을 올려다보며 담담한 어조로 말했다.

 -그래도 자네 손에 죽게 되었으니…… 빚은 갚은 걸로 해도 되겠군.

 신창패왕은 사선행수가 되기 위해 납치해 온 아이들의 교두 중 한 명이었다.
 또한 교두들 중에서 가장 엄격하고 냉정하고 무자비한 교두이기도 했다. 심지어 신창패왕 때문에 꽃피우지도 못하고 삶을 끝낸 어린아이들도 여럿 있을 정도였으니까.
 지금 그가 말하고 있는 빚이란 바로 그때의 일을 뜻하는 말이었다.

 -자네 아들을 보니 살아오면서 처음으로 부럽다는 생각이 드는군그래.

 신창패왕은 웃는 낯으로 고개를 떨궜다. 즉, 부럽다는 말이 그의 마지막 유언(遺言)으로 남은 것이었다.
 "부러울 겁니다."
 담우천은 담호의 단전 부위를 쓸고 밀고 타통하며 중얼

거렸다. 담우천의 부단한 노력 덕분에 담호의 단전에는 사방으로 흩어졌던 기가 천천히 모여들고 있었으며 오장육부도 제자리를 찾아가고 있었다.

담우천은 계속해서 단전 어림을 집중적으로 매만지며 중얼거렸다.

"이 아이, 천하제일인이 될 테니까요. 천하제일인의 부친이라니…… 그보다 부러울 게 또 어디 있겠습니까?"

담우천은 마치 이미 죽은 지 오래인 신창패왕과 대화를 나누듯 그렇게 중얼거리며 연신 손을 놀렸다.

이미 담호에게는 마지막 남아 있던 화평신단과 소림사의 대환단 몇 알을 복용해 둔 상태였다. 시간이 흐르면서 담호의 위장에서 녹아든 그 영약들의 기운이 사지백해(四肢百骸)로 흘러들었다.

그 영약의 기운은 담우천의 추궁과혈의 안내를 받으며 기맥을 따라 천천히 이동하기 시작했다. 그 영약의 기운은 막힌 맥문을 뚫고 잘린 기맥을 잇기 위해서 반드시 필요한 힘이었다.

얼마나 오랜 시간이 흘렀을까.

새파랗게 질려 있던 담호의 얼굴에 혈색이 돌기 시작했다. 얼음처럼 차갑던 그의 전신이 조금씩 따뜻해지기 시작했다. 기맥과 혈맥이 뚫리고 이어지면서 기가 운용되고 피가 돌기 시작한 것이었다.

그제야 비로소 담우천은 호흡을 가다듬으며 담호의 몸에서 천천히, 조심스럽게 손을 뗄 수 있었다. 담우천의 몸은 이미 땀으로 흠뻑 젖어 있었다.

"어떻습니까?"

지켜보고 있던 강만리가 조심스레 물었다.

담우천은 손등으로 이마의 땀을 훔쳐 냈다. 얼마나 집중하고 힘을 썼는지 그의 손이 부들부들 떨리고 있었다.

"고비는 넘겼네. 다행히도."

담우천은 차분한 어조로 말했다.

2. 진정한 동료, 진정한 가족

"아아……."

"아휴, 정말 다행입니다."

담우천의 말에 강만리와 진재건이 안도의 한숨을 내쉬었다.

부랴부랴 이곳으로 달려왔을 때 본 담호는 그야말로 목불인견(目不忍見)의 모습이었다. 온몸에 피 칠갑을 한 상태로 비틀거리며 겨우 서 있는 담호는 금방 죽어도 전혀 이상해 보이지 않았다.

"그럼 이제 돌아가죠, 형님. 언제 또 다른 무림십왕이 뒤쫓아 올지 모르니까요."

 강만리의 말에 담우천은 고개를 저었다.

"아직은 안 돼."

 담우천은 여전히 혼절해 있는 아들을 내려다보며 담담하게 말을 이었다.

"기의 흐름이 이제 겨우 안정된 상태다. 가까운 장소야 이동해도 괜찮겠지만 안가까지 옮기는 건 무리다."

 강만리가 살짝 눈살을 찌푸렸다.

"흐음. 그럼 어떡할까요?"

"할 일이 많은 자네 먼저 안가로 돌아가게. 나는 이 녀석과 여기 남아서 조금 더 치료할 터이니. 아무리 늦어도 사나흘이면 일어날 수 있을 게야."

"흐음."

 강만리는 엉덩이를 긁적이며 잠시 생각하다가 전낭을 풀어 진재건에게 건네주며 말했다.

"그럼 진 당주, 자네가 이곳에 남아서 형님의 수발 좀 들어 주게."

"괜찮네, 나는."

 담우천이 사양하자 강만리는 고개를 흔들며 말했다.

"아뇨. 어차피 진 당주도 부상을 치료해야 하거든요."

 강만리는 다시 진재건을 돌아보며 말을 이었다.

"전낭에는 화평신단과 대환단이 조금 남아 있네. 그리

고 축융문의 폭약도 있으니 조심히 다루게."

진재건은 전낭을 받아 들며 고개를 숙였다.

"이곳은 걱정하지 않으셔도 됩니다."

"그럼 어디 조금 안전하게 쉴 공간을 찾아보자고."

강만리는 주위를 둘러보았다.

여전히 안개가 자욱해서 주변 경관이 하나도 보이지 않았다. 바로 코앞에 낭떠러지가 있어도 전혀 눈치채지 못할 정도였다.

"동굴을 찾아보겠습니다."

"아니네. 자네는 여기 있게. 내가 둘러보고 올 테니."

강만리는 진재건을 눌러 앉힌 후 곧바로 자리를 떴다. 그가 돌아온 건 대략 한 시진가량이 흐른 후의 일이었다.

"예서 이각 정도 산을 오르다 보면 조그만 동굴이 하나 있습니다. 짐승의 냄새나 말라붙은 변(便)도 없는 것이, 사나흘 숨어 지내기에 딱 알맞아 보였습니다."

강만리의 말에 담우천이 고개를 끄덕였다.

"고맙네."

"고맙기는요. 그럼 바로 그곳으로 자리를 옮기죠. 제가 앞장서겠습니다."

담우천은 조심스럽게 담호를 안고 일어섰다. 강만리가 선두에 서고, 담우천과 진재건이 그 뒤를 따라 천천히 산을 올랐다.

자욱한 안개를 뚫고 울창한 수풀을 헤치며 이각가량 산을 오르자, 커다란 나무 뒤쪽으로 조그마한 동굴이 모습을 드러냈다.

 "잠시만 기다리십쇼."

 진재건은 누가 만류할 새도 없이 이내 안개 속으로 사라졌다. 얼마 지나지 않아 진재건은 나뭇가지와 풀을 한 짐 지고 돌아왔다.

 그는 곧바로 동굴 안쪽에 나뭇가지와 풀을 사용하여 담호가 누울 자리를 만들었다.

 "고맙네."

 담우천의 말에 진재건이 쑥스러운 표정을 지으며 대꾸했다.

 "고맙다는 말은 가족끼리 하는 게 아니라고 배웠습니다, 강 장주께요."

 "음? 그런가?"

 "형님도 참. 평소와 정말 다르시네요. 역시 아들이 아프니 마음이 약해지신 겁니까?"

 "그런가?"

 담우천은 머쓱한 표정을 지었다.

 아닌 게 아니라 평소와는 달리 오늘따라 몇 번이나 고맙다는 인사를 했는지 몰랐다.

 만약 담호가 없었더라면 그렇게까지 고마워했을까, 하

는 생각이 그의 뇌리를 스치고 지나갔다. 동시에 그는 저도 모르게 쓴웃음을 흘리고 말았다.

'내가 언제부터 자식을 챙겼다고······.'

아이를 싫어해서 자식 갖는 걸 반대하던 그였다. 아들을 둘이나 낳고서도 애정을 주지 않았던 그였다. 자신의 모든 정(情)과 사랑을 아내 자하에게 주었기에, 자식들에게 줄 정과 사랑이 남아 있지 않았다고 생각하던 그였다.

하지만 아무래도 그에게는 아직도 정과 사랑이 남아 있었던 모양이다. 아니면 자하가 죽고 난 이후 그녀에게 주었던 모든 것들이 고스란히 되돌아와 자식들에게로, 그리고 살아서 곁에 있는 두 아내에게로 간 것일지도 몰랐다.

담우천은 진재건이 만든 자리에 담호를 조심스레 눕히며 문득 이런 생각을 떠올랐다.

'감정과 애증은 유한(有限)한 게 아닐지도 모르겠군.'

그때였다.

"그럼 저는 이만 가 보겠습니다."

강만리의 말이 담우천의 상념을 깨웠다.

"조심해서 가게나."

"네. 형님도 조심하십시오. 아, 진 당주."

"네. 말씀하십시오."

"이것도 받아두게. 건량과 벽곡단이네."

"그건 저도 가지고 있습니다만······."

"부족할 수도 있으니까."

"사냥하면 됩니다."

"챙겨 두게나, 제발."

"그렇게까지 말씀하신다면."

진재건은 그제야 전낭 하나를 더 받아 챙겼다.

'하여튼 속이 꽉 막힌 친구라니까.'

강만리는 속으로 혀를 찬 후 자리에서 일어났다. 담우천이 고개를 끄덕였다. 진재건은 배웅하기 위해 동굴 밖으로 따라 나왔다.

강만리는 힐끗 동굴 쪽을 한 번 바라본 다음 진재건의 손을 잡으며 말했다.

"잘 부탁하네."

진재건은 의외라는 표정을 지으며 제 손을 잡은 강만리의 두툼한 손을 내려다보았다. 강만리가 이렇게까지 간곡하게 부탁하는 건 처음 있는 일이었다.

"맡겨 주십시오."

진재건은 희미하게 웃으며 말했다.

"소장주의 안전은……."

"아니, 담호를 부탁한다는 게 아니네."

"네? 그 말씀은……."

"담 형님 말이네. 십 년 가까이 봐 왔지만 오늘처럼 감정이 풍부한 적이 없었거든."

강만리는 소리 죽여 말했다.

"그런 말도 있잖은가? 죽을 때가 되면 안 하던 짓을 한다고 말이야."

"설마 그렇겠습니까?"

진재건이 쓴웃음을 지었다. 강만리는 정색하며 말했다.

"아니네. 만에 하나 또 다른 무림십왕의 추격자가 있다면, 그리고 그들이 이곳에서 죽은 동료들의 흔적을 발견하게 된다면…… 그리고 그 추격자 중에 무정검왕이 있다면…… 그때는 담 형님의 풍부해진 감정이 독(毒)이 될지도 모르네."

일순 진재건의 얼굴이 굳어졌다.

"그러니 잘 부탁하네. 사흘 내로 반드시 돌아올 터이니, 그때까지 형님과 담호를 잘 챙겨 주게."

"명심하겠습니다. 목숨을 바쳐……."

"떽!"

강만리가 눈살을 찌푸리며 말했다.

"농으로도 그런 소리 하는 거 아닐세! 죽기는 왜 죽어? 자네가 죽고 담호가 산다면 내가 기뻐할 것 같나?"

"그, 그야……."

"내가 부탁하고 챙겨 주라는 건 당연히 자네도 속해 있네. 그러니 두 번 다시 그런 쓸데없는 소리 하지 말고. 알겠는가?"

그녀에게 주었던 모든 것들이 〈259〉

강만리는 그때까지 진재건의 손을 꼭 쥐고 있던 제 손에 힘을 가했다. 이갑자 내공이 실리지는 않았더라도 진재건이 인상을 찡그릴 정도의 위력은 충분했다.

"알겠습니다. 그러니 손을 좀 놓아주십시오."

"엄살은."

강만리는 피식 웃고는 손을 놓았다. 그러고는 진재건의 목례를 뒤로하고 서둘러 안개 저편으로 달려갔다.

홀로 동굴 입구에 남게 된 진재건은 길게 한숨을 내쉬었다. 뭔가 오묘한 감정이, 그리고 알 수 없는 홀가분함이 그의 가슴을 훑고 지나갔다.

얼마 전까지는 십삼매의 충복으로서 강만리 일행을 따라다니며 그들의 근황을 보고하는 밀명을 받고 움직이던 그였다.

이후 강만리가 그 사실을 알게 되었을 때, 진재건은 차라리 잘되었다고 생각했다. 화평장 사람들과 함께 지내는 동안 진재건 또한 저도 모르는 사이에 그들에게 동화되었던 까닭이었다.

그때 느꼈던 홀가분함을, 그 당시의 오묘한 감정을, 진재건은 지금 강만리와 대화를 나누면서 또 한 차례 느낄 수 있었다. 뭐랄까, 이제야말로 강만리들의 진정한 동료, 화평장의 진정한 가족이 된 느낌이었다.

"그럼……."

진재건은 머리를 긁적이며 중얼거렸다.
"먹을거리를 좀 구해 볼까?"

3. 자식을 둔 아버지

 산 전체가 자욱한 안개로 뒤덮여 있다고는 하지만 그래도 짐승이 살지 않는 건 아니었다.
 토끼나 사슴은 물론 멧돼지, 심지어 곰과 호랑이도 있었다.
 먹을 건 그것뿐만이 아니었다. 계곡에는 맑은 물에서만 살아가는 물고기도 있었으며, 수풀 사이로 약초나 나물도 있었으니 사나흘이 아니고 한두 달이라 하더라도 사냥 실력이 있는 한 먹지 못해 굶는 일은 없을 터였다.
 첫날 진재건은 운이 좋게도 뿔 달린 사슴을 잡을 수가 있었다.
 한가롭게 풀을 뜯던 사슴을 발견한 그는 바람을 마주한 채 소리 없이 이동하여 가까운 거리까지 다가간 후, 그대로 몸을 날려 사슴의 목을 잡고 그대로 비틀어 죽였다.
 단번에 사슴을 해치운 그는 곧장 비수로 사슴의 목을 베고 그 피를 받아 마셨다. 사슴의 피는 보약과도 같았다. 특히 뿔에서 나는 피, 녹혈(鹿血)은 황제까지 마실 정도로 그 효능이 뛰어났다.

 기력 회복은 물론, 내상 치료와 정력 강화, 발육 성장 등 여러 방면에 탁월한 효과를 보였다.

 방금 죽여서 뜨거운 피를 벌컥벌컥 들이마신 진재건은 피가 흐르지 않도록 조심스럽게 사슴을 운반하여 숲속 동굴로 향했다.

 사슴을 본 담우천이 크게 기뻐했다. 그는 곧바로 사슴의 목에 대고 피를 마시기 시작했다. 그의 입가가 새빨갛게 물들었다.

 마치 목마른 자가 물을 탐하듯 그렇게 한참 동안 피를 마신 후, 담우천은 사슴의 뿔을 잘라서 흐르는 녹혈을 담호의 입에 가져갔다.

 혼절해 있던 담호가 좀처럼 녹혈을 받아먹지 못하자 담우천은 한 치의 고민도 없이 녹혈을 제 입 한가득 받아내더니 담호의 입을 벌리고 입 안으로 흘려보냈다.

 "제게 강 장주께서 주신 대환단과 화평신단이 있습니다. 그걸 복용시키면 녹혈의 약효와 더불어……."

 지켜보던 진재건이 말했다. 입안의 모든 녹혈을 흘려보낸 담우천이 입술을 닦으며 고개를 저었다.

 "아니, 대환단과 화평신단은 이미 많이 복용했네. 그러니 그건 자네가 먹게."

 "하지만……."

"자네도 잘 알지 않는가? 과하면 부족함보다 못하다고 말일세. 복용했던 영단의 효능을 모두 담아내기에는 이 아이의 그릇이 그렇게 크지 않거든."

소림사 대환단 한 알에는 만병통치(萬病通治)에 가까운 약효에다가 이십 년 내공을 증진시키는 효능이 있다고 알려졌다. 만해거사가 자금성 약고(藥庫)의 온갖 영약들을 혼합하여 제조한 화평신단 또한 그에 버금가는 약효를 지니고 있었다.

신창태왕의 공격에 엄중한 내상을 잃고 쓰러진 담호는 이미 대환단 두 알과 화평신단 세 알을 복용한 뒤였다.

그렇다고 해서 죽은 자가 살아나고 담호가 갑자기 백 년 내공을 얻게 되는 것일까.

그건 아니었다.

영약은 먹을수록 그 효능이 감소하는 법이었다. 한 알 먹어서 이십 년 내공을 얻게 된다면 두 알 먹으면 삼십 년, 세 알 먹으면 삼십오 년의 내공이 최대였다.

어디 그뿐인가. 심지어 주화입마에 빠져 광인이 되거나 심장에 무리가 가서 죽을 수도 있었다.

그래서 과유불급인 게다. 몸에 좋은 거라고 무작정 많이 먹는 건 외려 건강을 해칠 수가 있었다. 그건 영약이나 환단이라 해도 마찬가지였다.

진재건이 왜 그런 사실을 모르겠는가.

그저 담호가 빨리 회복하여 깨어나기를 바라는 안타까운 마음과 충정이 이성을 흐리게 만들었을 뿐이었다.

담우천의 냉정한 말 한마디에 정신을 차린 진재건은 고개를 숙이며 말했다.

"그럼 과분하나마 속하가 복용하겠습니다."

"그러라고 강 아우가 자네에게 준 게 아닌가? 얼른 복용하게나."

진재건은 구석진 자리로 가서 가부좌를 틀고 앉아 한 알의 대환단과 한 알의 화평신단을 복용했다.

두 알의 영단이 목구멍을 타고 몸속으로 들어가자 이내 끓는 것처럼 몸이 뜨거워졌다. 진재건은 빠르게 운기조식을 펼치면서 그 뜨거운 기를 조율하여 단전으로 이끌었다.

추궁과혈에 집중하던 담우천은 문득 진재건을 돌아보았다. 진재건의 불타는 듯 빨갛게 달아올랐던 얼굴과 피부가 천천히 원래의 색으로 돌아오는 걸 보고서야 다시 담우천은 아들의 치료에 전념했다.

추궁과혈을 끝낸 담우천은 담호의 맥문을 잡고 내공을 불어넣었다. 자신의 내공으로 담호의 기를 강제적으로 이끌어 기맥을 휘돌게 만들고자, 즉 억지로 운기조식을 시행하려 하는 것이었다.

그 과정은 매우 세밀하고 섬세하며 조심스러운 작업이

필요했다. 담호의 기맥으로 밀어 넣는 담우천의 내공이 일 푼이라도 많거나 적으면 그대로 담호가 주화입마에 빠질 상황이었다.

 담우천은 표정 하나 변하지 않은 채 그 세밀한 작업을 지루할 정도로 끈질기고 오랫동안 이어 나갔다.

 진재건이 십이주천(十二週天)을 하고 눈을 떴을 때도 여전히 담우천은 자신의 기로 담호의 운기조식을 이끌고 있었다.

 '내공이 제법 는 것 같군. 음?'

 영약의 효능을 사지백해로 골고루 전한 덕분일까. 전신에 활력이 넘치고 상처 부위의 통증도 상당히 가라앉은 진재건은 홀로 크게 기뻐하는 표정을 짓다가 문득 그 광경을 보고는 새삼 감탄했다.

 '저 공부(功夫)는 내공이 높다 해서, 혹은 의술 실력이 뛰어나다고 해서 되는 게 아니다. 높은 내공과 뛰어난 의술 실력, 거기에 초인적인 인내심까지 삼박자를 모두 갖춰야만 비로소 펼칠 수 있는 공부다.'

 물론 진재건이 지금 담우천이 펼치는 수법이 일원조양기맥술(一元照陽氣脈術)이라는 명칭을 가진 엄연한 치료법임을 모르고 있었고, 또 그게 과거 약왕문과 더불어 천하를 양분했던 신수제일가의 절기 중 하나임을 알지 못했다.

하지만 진재건은 담우천의 표정과 행동, 그리고 미세하게 꿈틀거리는 담호의 기맥을 보고서 지금 담우천이 펼치는 치료법이 얼마나 힘들고 어려운 것인지 파악할 수 있었던 것이었다.

진재건은 잠시 담우천을 지켜보다가 방해가 되지 않도록 소리를 죽여 자리에서 일어났다. 그러고는 이미 차갑게 굳은 사슴의 시신을 어깨에 멘 채 동굴 밖으로 걸어나갔다.

잠시 후, 고기를 굽는 냄새가 동굴 안으로 스며들기 시작했다.

다음 날 진재건은 계곡으로 가서 물고기들을 잡았다.

혹시라도 있을지 모르는 또 다른 추격자들을 조심하면서 예닐곱 마리의 손바닥만 한 물고기를 잡은 그는 다시 한번 더 신창태왕 등의 시신들이 제대로 묻혔는지 확인하면서 돌아왔다.

셋째 날.

앞을 볼 수 없이 자욱했던 안개가 차츰 옅어지기 시작했다. 무려 열흘 이상 사천의 천하를 뒤덮고 있던 이 안개가 이제야 걷히는 것이었다.

변화는 또 있었다.

셋째 날이 되면서 드디어 담호가 정신을 차리고 눈을

떴다. 그가 푸석푸석해진 입술을 열고 맨 처음 한 말은 "물."이었다.

진재건은 서둘러 계곡으로 달려갔다. 커다란 나뭇잎 석장을 이리저리 겹겹이 얽어서 마치 그릇처럼 만든 다음 계곡물을 받았다.

안개가 걷히면서 축축했던 공기도 한결 상쾌하고 시원해졌다. 물론 아직 한여름이었고 무더위가 언제까지 지속될지는 아무도 몰랐지만, 그래도 이 무천산 계곡물은 뼈가 얼어붙을 것처럼 차가웠다.

진재건이 나뭇잎으로 만든 그릇에 조심스럽게 담은 물을 들고 막 허리를 펼 때였다.

한순간 그의 얼굴이 딱딱하게 굳어졌다.

기척이, 누군가의 낯선 기척이 계곡 저편 산기슭에서 들려온 탓이었다.

'무림십왕의 추격자인가?'

진재건은 긴장한 기색으로 귀를 기울였다.

희미하게 들려오는 기척이 한둘이 아닌 걸로 보아 일반 약초꾼이나 나무꾼은 아니었다.

게다가 부드럽게 지면 위를 미끄러지듯 걷는 발걸음 소리로 확신하건대 최소한 당경(堂境) 이상의 무위를 지닌 고수들임이 분명했다.

'여기 있다가는 들킬 수도 있겠구나.'

그렇게 생각한 진재건은 동시에 호흡을 숨기고 소리를 죽이며 살금살금 뒤로 물러나 계곡을 벗어났다.

그는 행여 자신의 흔적을 뒤쫓아 올까 저어하여 계곡으로 이어진 자신의 발자국을 지우는 동시, 산을 거의 한 바퀴나 돌아서 동굴로 되돌아왔다. 동굴 안에 들어왔을 때 그가 가지고 온 물은 절반 이상이나 새어 나가 있었다.

하얗게 껍질이 벗겨져 있던 입술에 물이 닿자 담호는 저도 모르게 살짝 인상을 찌푸렸다. 하지만 그는 곧 뻣뻣하게 마른 입술을 움직여서 그 계곡물을 달게 마셨다.

"누군가 뒤쫓아 왔습니다."

진재건이 그 모습을 보면서 담우천에게 말했다.

"대략 십여 명 정도 되는 것 같았는데 그게 전부인지, 아니면 더 많은 자들이 몰려온 것인지는 확실하지 않습니다. 상대는 하나같이 고수들입니다."

아쉽게도 진재건은 천조감응진력을 익히지 않았다. 그나마 며칠 전 복용한 화평신단과 대환단으로 인해 내공이 확실하게 증진되지 않았더라면 조금 전 기척도 제대로 확인하지 못했을 수 있었다.

진재건은 애써 초조함을 감추며 말을 이었다.

"어쩌면 속하가 남긴 흔적을 따라서 이곳까지 쫓아올지도 모릅니다. 소장주께서 쾌차하셨으니 이제 장소를 바꾸는 게 나을 듯싶습니다."

"상관없네."

담우천은 담담하고 냉정하게 말했다.

"행여 이곳을 찾아오는 불청객이 있다고 한들 모두 죽이면 되는 일이니."

"어쩌면 백팔원로 모두가 찾아 나선 것일지도 모릅니다."

"걱정하지 않아도 되네."

"추격자 무리에는 무림십왕도 있을 수 있습니다."

"그들이라고 죽이지 못할 것 같은가, 내가?"

"그건 아닙니다만……."

진재건은 담호로부터 시선을 돌려 담우천을 바라보았다. 언제나처럼 표정 한 점 없는, 세상을 달관 혹은 초연한 듯한 얼굴이었다.

하지만 그 무심한 얼굴 한편 어딘가에 아들을 향한 애정이 흐릿하게 묻어나는 건 절대 숨길 수가 없었다.

'이 사람이라면 확실히 그럴 수 있을지도.'

진재건은 문득 그렇게 생각했다.

지금 담우천의 얼굴은 아들을 지키기 위해서라면 백팔원로나 무림십왕은 물론 세상 모든 사람을 죽이고도 남을 사람처럼 보였다.

과거의 담우천을 아는 자라면 절대 믿을 수 없는 결연하고 강인한 애정의 빛이 그의 얼굴에서 흘러나왔다.

지킬 게 없는 자가 무섭다고 했던가. 아니었다. 반드시 목숨을 걸고 지켜야 할 게 있는 자만이 세상을 상대로 싸울 수 있었다.

그게 자식을 둔 아버지라는 자였다.

4. 삼백군진(三百軍陣)의 추격

천소유가 보낸 심복은 단숨에 폐찰로 달려가 그곳에 모여 있던 원로들과 무림십왕에게 그녀의 전갈을 전했다.

무림십왕은 살짝 난처한 표정을 지었다. 반면 원로들은 그녀가 무림오적에게 너무 겁을 먹고 있다고 성토했다.

"놈들은 이곳 폐찰에서 우리와 싸울 엄두조차 내지 못하고 도망치지 않았소?"

"맞소. 아무리 놈들이 강하다고 한들 그간 어디까지나 기습이나 암습에 강할 뿐이오. 전면전으로 붙는다면 절대 우리를 이길 수 없소."

원로들은 그렇게 말하며 천소유의 지시를 거부하고 곧장 무적전왕들의 뒤를 따르자고 주장했다.

그러나 다른 무림십왕의 의견은 달랐다.

"어디까지나 지금 우리를 지휘하는 이는 비선 천 선주이오. 하극상까지는 아니더라도 우리가 그녀의 명령을 거부한다면 어찌 다른 이들이 그녀의 명령을 듣겠소?"

"옳은 말씀이시오. 우리가 그녀의 위신과 체면을 세워 줘야만 우리 밑에서 움직이는 자들이 우리의 위신과 체면을 존중해 줄 게 아니겠소?"

"천 선주의 지시에 불만이 있는 건 나도 마찬가지이지만 그래도 이미 지시가 내려왔으니 따라야 한다는 게 내 의견이외다."

패도천왕 왕두균과 절대권왕 조동립, 그리고 무정검왕 목부강의 말 한마디, 한마디는 천금과도 같은 무게를 지니고 있어서, 뭇 원로들이 중구난방 떠드는 입을 단숨에 닫게 만들었다.

결국 백여 명의 노기인은 무림십왕 세 명의 의견을 존중하여 천소유의 지시를 따르기로 했고, 곧바로 폐찰을 떠나 다시 풍양객잔으로 되돌아갔다. 그곳에서 무적전왕들의 귀환을 기다리기로 한 것이었다.

하지만 하루가 지나도록 그들은 돌아오지 않았다. 사람들의 얼굴에 근심과 걱정의 빛이 스며들기 시작했다.

다시 이틀이 지나자, 원로들은 더는 자리에 가만히 앉아서 술을 마시고 있을 수가 없었다.

"뭔가 변괴가 생긴 게 분명하오! 그렇지 않고서야 이틀이 지나도록 돌아오지 않을 리가 없소이다!"

"지금이라도 추적대를 구성하여 그들의 뒤를 쫓아야

하오. 늦으면 늦을수록 그들의 안전을 보장하지 못할 수 있소."

노인들의 말에 이번에는 무림십왕 또한 동의했다.

"그럼 내가 천 선주를 만나 보겠소."

절대권왕 조동립이 자리에서 일어났다.

"안 돼요."

이번에도 천소유는 단번에 거절했다. 절대권왕 조동립이 눈살을 찌푸렸다.

"안 되는 이유가 무엇이오?"

"그들은 우리가 하나로 뭉쳐 있지 못하도록, 계속해서 인원을 분산시키려고 하고 있어요. 열 명, 스무 명씩 구성된 추격대로 그들을 뒤쫓는다면 당연히 각개격파를 당하게 될 거예요."

"그렇다면 선주는 한 형들이 저들에게 이미 목숨을 잃었다고 생각하시오?"

"그건……."

천소유는 입술을 깨물었다.

강만리 일행을 뒤쫓은 이들은 다름 아닌 무림십왕 중 네 명이었다.

개개인의 힘으로 천하를 뒤흔든다는 그들이 무려 네 명이나 함께했는데, 강만리 일행에게 그들 모두가 몰살당했다고는 도저히 상상조차 할 수 없는 일이었다.

 하지만 상대는 어디까지나 강만리였고, 담우천이었다. 신묘하기 이를 데 없는 계략으로 지금껏 태극천맹과 오대가문의 뒤통수를 쳐 온 강만리와 혼자의 힘으로 무정검왕 목부강에게 중상을 입힌 담우천이었다. 무슨 일이 벌어져도 전혀 이상할 게 없었다.

 천소유가 망설이자 절대권왕 조동립이 타협하듯 자신의 의견을 개진했다.

 "정 우리의 전력이 분산되는 게 걱정이라면 아예 모든 전력을 이끌고 한 형들을 찾아 나서는 건 어떻겠소? 열 명, 스무 명의 추격대가 아닌 우리 모두가 하나가 된 추격대 말이외다."

 천소유의 눈이 휘둥그레졌다. 들을 때는 엉뚱하다 싶었는데 생각해 보니 묘책이었다.

 '그러니까 아예 풍양객잔 전체가 움직이는 거야. 거기에 청성 지부와 우리 비선까지 함께 한다면…….'

 대략 삼백 명 정도 되는 규모의 추격대가 굳이 조를 나누지 않고 함께 움직인다면, 그건 더 이상 추격대가 아니었다.

 막강한 화력을 지닌 군대의 거침없는 진군이었고, 방심과 틈을 노리고 기습하고자 하는 강만리 일행의 계략을 송두리째 무너뜨리는 일격이기도 했다.

천소유는 잠시 생각하다가 고개를 끄덕였다.
"좋아요. 대신 모든 지휘는 제가 맡겠어요. 그 조건이 아니면 절대 허락하지 않겠어요."
절대권왕 조동립은 입가에 희미한 미소를 띠며 두 손을 모았다.
"선주의 지시를 따르겠소."

* * *

무적전왕 한백남들이 강만리 일행을 뒤쫓은 지 이틀째 되는 날 오전, 삼백이십여 명의 군진(軍陣)이 풍양객잔을 출발하였다.
무적전왕 한백남은 그 노회한 연륜을 바탕으로, 동료들이 자신들의 뒤를 쫓아오기 쉽도록 곳곳에 표식을 남겨 두었다.
원로들과 노기인들 중에는 추격의 달인들이 있었고, 그들은 한백남이 남긴 표식을 뒤쫓아 빠르게 동쪽으로 이동했다.
그날 밤 무천산 입구에 당도한 그들은 하룻밤 휴식을 취한 후, 다시 산을 오르기 시작했다.
셋째 날이 되면서 안개가 걷히기 시작했다. 사람들은 뿌옇기만 하던 시야가 천천히 밝아지자 마치 새롭게 눈을 뜬 듯한 기분에 즐거워했다.

"이제 저들의 암습은 걱정하지 않아도 되겠구려."

"안 그래도 발밑에 뭐가 있을지 몰라서 꽤 신경 썼었는데 말이오."

아닌 게 아니라 무천산을 오르는 동안 그들은 발밑을 조심하느라 그 오르는 속도가 매우 느렸다.

그러나 이제는 시야가 턱, 하니 뚫리고 사방이 훤하게 보였다. 그들의 움직임이 점점 더 빨라질 수밖에 없었다.

거친 계곡물 소리가 그리 멀지 않은 곳에서 들려오는 산기슭까지 올랐을 때였다.

선두에 서서 표식을 찾던 세 명의 노기인들 중 한 명이 크게 소리쳤다.

"여기 뭔가 있소!"

일순 모든 이들의 이목이 그곳으로 쏠렸다. 군진 중앙에서 심복들의 호위를 받던 천소유가 사람들을 헤치며 그곳으로 달려갔다.

이미 그곳에는 무림십왕 중 세 명이 다른 몇몇 원로들과 함께 모여 있었다.

"무슨 일인가요?"

빠르게 달려온 천소유가 가볍게 숨을 할딱이며 묻자 길잡이 역할을 하던 추혼만리(追魂萬里) 교운동(橋雲東)이 아름드리나무 한 그루를 가리키며 입을 열었다.

"여기 보시면 조그만 구멍이 나 있소이다."

천소유는 눈을 가늘게 떴다.

추혼만리가 가리킨 아름드리나무에는 건장한 사내 가슴팍 위치 정도의 높이에 유심히 보지 않으면 절대 알아차릴 수 없을 정도의 구멍이 깊게 파여 있었다.

"그 구멍이 어때서요?"

천소유의 물음에 추혼만리는 굳은 얼굴로 대답했다.

"이건 자연적으로 발생한 구멍이 아니라 인위적으로 만들어진 것이오. 이 정도 깊이에, 이 정도 크기의 구멍이라면 아마도 화살이 박혔던 자리인 것 같소이다. 으음. 깊이와 구멍이 난 경사각을 보건대 아마도 저곳에서 쏜 게 분명하오."

추혼만리는 몸을 돌려 다른 나무의 꼭대기 근처를 가리켰다. 대략 이십여 장 떨어진 곳의 아름드리나무였다.

패도천왕 왕두균은 추혼만리의 말을 듣자마자 바로 지면을 박차고 그 나무를 향해 날아갔다.

쐐액!

격렬한 파공성과 옷자락 휘날리는 소리와 함께 순식간에 아름드리나무 꼭대기 근처의 나뭇가지 위에 안착한 그는 주변을 샅샅이 훑기 시작했다.

그리고 얼마 지나지 않아, 왕두균은 "허어!" 하는 탄성과 함께 입을 열었다.

"여기 누군가 서 있던 흔적이 남아 있소. 두 발로 단단히 나뭇가지를 지탱하고 서 있던 흔적인데, 아무래도 족적의 형상이나 크기를 볼 때 이 형의 흔적인 것 같소."

그의 목소리는 나직했지만 천소유도 정확하게 들을 수 있을 정도로 명료하게 들려왔다.

천소유의 얼굴이 딱딱하게 굳어졌다.

그동안 추혼만리는 주변을 돌아다니며 또 다른 흔적을 찾기에 여념이 없었다. 얼마 지나지 않아서 그는 다른 몇 그루의 나무에 난 구멍의 흔적을 발견했다.

한편 추혼만리와 함께 길잡이 역할을 하던 불회송구(不會松口)라는 노기인은 패도천왕이 날아오른 나무 주변을 둘러보다가 핏자국과 함께 부러진 화살 한 촉을 발견했다.

불회송구는 곧 '문 것을 절대 놓지 않는다'라는 뜻으로, 한 번 단서를 찾으면 범인을 찾을 때까지 멈추지 않는다는 추격의 고수였다.

한때 천소유의 길잡이로 강만리 일행을 뒤쫓았던 광견(狂犬)과 추혼만리, 그리고 불회송구를 일컬어 무림삼대추인(武林三大追人)이라 불리기도 하였다.

추혼만리와 불회송구가 찾아낸 흔적들은 천소유뿐만 아니라 무림십왕의 안색을 딱딱하게 굳게 만들기에 충분했다.

"아무래도……."

천소유가 마른침을 삼키며 말했다.
"그분들이 모두 당한 것 같네요."
그녀는 안개가 천천히 걷히고 있는 산 주변을 둘러보며 말을 이었다.
"바로 이 근방에서 말이죠."

10장.
역시 내가 죽어야 하나

"반드시 죽이고 말 거다, 장예추."
그녀를 안고 나는 듯 달리는 심복의 눈빛이 희미하게 흔들렸다.
십여 년 가까이 그녀를 모시고 있었지만 이렇게 악독하고
잔인하게 들리는 목소리는 처음 들었던 까닭이었다.

역시 내가 죽어야 하나

1. 동굴 입구

 오후로 접어들면서 안개는 완벽하게 걷혔다. 끈질기게 내리던 안개비도 자취를 감췄다. 그나마 계곡가에 약간의 물안개만 남아 있을 뿐, 무천산의 기기묘묘한 절경이 한눈에 들어왔다.
 마치 눈동자에 끼어 있던 뿌연 막이 없어진 듯한, 새롭게 광명(光明)을 얻은 듯한 시야였다.
 삼백여 명의 추격대는 한 무리로 뭉쳐서 움직였다. 굳이 인원을 나누고 조를 구성하여 무리를 분산하지 않았다. 오로지 선두의 십왕과 길잡이들의 끈질긴 추격을 뒤따르며 주위를 경계하고 있을 뿐이었다.

길잡이들의 능력은 쉽게 믿지 못할 정도로 탁월했다. 추혼만리도 대단했지만 특히 불회송구의 인내력과 집착력, 그리고 집중력은 타의 추종을 불허했다.

그는 체면과 위신은 생각하지도 않은 채 지면에 납작 엎드린 다음, 마치 훈련된 사냥개처럼 코를 킁킁거리며 희미하게 남아 있던 선혈 주변의 냄새를 맡았다.

나무 아래 남아 있는 피는 누군가 흔적을 지우다가 미처 지우지 못한 피였다.

즉, 이 주변에는 흔적을 지우려 했던 자의 냄새가 남아 있을 터였고, 지금 불회송구는 바로 그 냄새를 찾고 있었다.

나이 일흔이 넘은 노기인이 땅을 엉금엉금 기면서 코를 킁킁거리는 모습은 가히 목불인견(目不忍見)의 광경이었다. 하지만 주변 노기인들과 세 명의 십왕, 그리고 천소유는 표정 하나 변하지 않은 채 집중해서 그를 지켜보고 있었다.

이윽고 불회송구가 끄응, 하며 무릎을 일으켜 세웠다. 무릎과 허리를 두드리던 그는 곧 천소유를 돌아보며 낮은 목소리로 말했다.

"사슴 피 냄새가 나더이다. 고기 냄새도 나고."

천소유의 눈빛이 반짝였다. 불회송구는 계속해서 말을 이어 나갔다.

"또한 몇 가지 약재 냄새도 진하게 남아 있소이다. 특히 금창약의 냄새가 강렬하고 특별했는데…… 내 기억으로는 소림사의 옥령산 냄새가 바로 그러했던 것 같소이다."

"아아……."

천소유는 저도 모르게 감탄했다.

총사 종리군이 보내온 전갈에 의하자면 강만리 일행은 소림사를 거쳐 사천으로 향하는 길이라고 했다.

그러니 소림사의 옥령산을 선물로 받았을 가능성이 높고, 다시 말해서 이곳의 흔적을 지운 자는 곧 강만리 일행 중 한 명이라 할 수 있었다.

불회송구가 찾아낸 흔적과 단서는 그게 끝이 아니었다. 어쨌든 그자는 상당히 중한 상처를 입었으며, 기력을 회복하고 내기(內氣)를 보충하기 위해서 사슴을 잡아 그 피를 마셨다는 것 역시 그가 찾아낸 결과였다.

"흔적이 어디로 이어졌는지 알 수 있을까요?"

천소유가 묻자 불회송구가 어깨를 으쓱거리며 말했다.

"내 별명이 불회송구라오."

불회(不會)는 있을 리가 없다는 의미였고, 송구(松口)는 문 것을 놓아준다는 뜻이었으니 불회송구는 곧 '한 번 문 것을 놓아줄 리가 없다'라는 뜻이었다.

또한 한 번 맡은 냄새를 놓칠 리도 없었으며, 한 번 본 것을 잊을 리도 없었다. 그게 불회송구였다.

불회송구는 길게 호흡을 가다듬으며 내공을 한껏 끌어올려 모든 오감을 극대화했다.

그 방법은 강만리들이 익힌 천조감응진력의 운용법과 매우 흡사하여, 일순 불회송구의 전신 모공이 활짝 열리며 주변의 공기를 한껏 빨아들였다.

불회송구의 각성한 후각은 주변 십여 장 이내에 떠도는 모든 냄새를 맡을 수가 있었다. 심지어 천소유의 막 끝난 월경(月經)의 피 냄새까지 고스란히 그의 코로 스며들었다.

'흠. 그래서 요 며칠 생각보다 훨씬 까탈스러웠던 건가?'

불회송구는 고개를 내저어 언뜻 떠오른 생각을 휘휘 떨쳐 내며 조금 전 맡았던 그 사슴피와 금창약의 냄새에 집중하기 시작했다.

금창약은 석회와 말린 약초를 짓이겨 꿀 등과 섞어서 사용하는 게 가장 기본적인 구성이었다.

그 말린 약초를 어떻게 배합하느냐, 몇 가지 약초를 사용하느냐에 따라서 각각의 금창약이 서로 다른 효능과 효과를 보이게 되며, 저마다의 특이한 향기까지 갖게 된다.

금창약 중에서 다섯 손가락 안에 드는 소림사의 옥령산에는 다른 금창약들과는 달리 말린 솔잎도 약재에 포함하여 사용한다. 그 솔향은 일반 소나무의 향기와 흡사한 듯 사뭇 달라서 불회송구가 추격하기에는 더할 나위 없이 알맞은 향기였다.

불회송구는 연신 코를 킁킁거리며 산등성이를 넘었다. 거센 물살이 굽이치는 계곡이 모습을 드러냈다. 불회송구는 살짝 눈살을 찌푸렸다.

"저 계곡물 너머로 사라진 것 같소이다."

"쫓을 수 있나요?"

"냄새가 계곡물에 지워져서…… 쉽지는 않겠지만 쫓을 수는 있소이다. 시간이 좀 걸릴 것이오."

"괜찮아요. 천천히 해 주세요. 그리고 연(燕) 노야와 교 노야께서 고생하시는 동안 다른 분들은 식사를 해결하죠. 오늘 아직 한 끼도 먹지 못했으니까요."

상대는 어디까지나 무적전왕들을 해치운 고수들이었다. 그들을 상대로 싸우려면 집중력은 물론 반드시 지구력이 필요했다. 그 일전을 앞두고 배를 든든히 채우는 건 당연히 중요했다.

사람들은 계곡 일대에 진을 치고 식사하기 시작했다. 식사라고 해 봤자 말린 고기와 벽곡단, 주먹밥이 전부였다. 그들은 얼음물처럼 시원한 계곡물과 함께 딱딱한 음식들을 꾸역꾸역 입에 집어넣었다.

추혼만리 교운동과 불회송구 연가락(燕加樂)은 계곡 건너편 일대를 샅샅이 뒤졌다. 교운동은 상류 쪽으로 이동하면서 흔적을 찾았고, 연가락은 하류 쪽으로 걸음을 옮기며 냄새를 추적했다.

"찾았소!"

역시 불회송구 연가락이었다.

반 시진 가까이 주변을 샅샅이 뒤지던 그는 계곡 반대쪽 산등성이를 가리키며 말했다.

"냄새가 저 기슭 위쪽으로 이어지고 있소이다. 생각보다 냄새가 짙은 것이 아무래도 한 시진 안쪽으로 남아 있는 냄새인 것 같소이다."

천소유는 가죽 부대에 담은 계곡물을 한 모금 마셔서 입안의 음식을 꿀꺽 삼키고는 자리에서 벌떡 일어났다.

"놈들은 그리 멀지 않은 곳에 있을 겁니다."

그녀는 사람들을 둘러보며 말했다.

"천하의 무적전왕과 소수음후, 십전궁왕과 신창태왕입니다. 만약 무림오적이 그분들과 싸워 승리했다면, 그들 또한 절대 무사하지 못했을 겁니다. 근처 어딘가, 가령 쉽게 찾기 힘든 동굴 깊숙한 곳에 숨어서 부상을 치료하고 있을 겁니다."

놀랍게도 천소유는 담우천들의 상황을 지켜본 것처럼 말하고 있었다.

"그러니 다들 긴장하고 조심하세요. 약간의 수상함이나 이상한 기척을 놓치지 마세요. 동굴이나 얽혀 뭉쳐 있는 수풀을 간과하지 마시기 바랍니다."

천소유는 눈빛을 반짝이며 말했다.

"우리가 함께 움직이는 이상, 저들은 절대 우리를 공격할 수 없을 겁니다. 반면 우리는 몰이꾼이 되어 놈들을 포위할 겁니다. 두 번 다시 도주할 수 없도록, 완벽무결(完璧無缺)한 포위망으로 놈들을 에워싼 후 그들에게 인과응보가 무엇인지 제대로 가르쳐 줄 겁니다."

사람들 또한 눈빛을 반짝이며 그녀의 말에 귀를 기울였다. 몇몇 이들은 감정이 끓어오른 듯 크게 주먹을 휘두르기도 했고 소리 지를 뻔도 했다.

하지만 무림오적이 근처 어딘가에 숨어 있는 이상, 함부로 소리 낼 수는 없었다. 함성을 지르려다가 억지로 목 안쪽으로 집어삼킨 사람들은 그 대신 눈빛 가득 흉흉한 살기를 담기 시작했다.

"좋은 연설이군그래."

삼백여 군진에서 살짝 떨어진 외진 곳에 앉아서 마른고기를 씹던 절대권왕 조동립이 고개를 끄덕이며 중얼거렸다.

"사내로 태어났으면 백만 대군을 거느렸을 것 같군그래."

그 말에 패도천왕 왕두균이 살짝 미소를 지으며 대꾸했다.

"그래도 건곤가의 여식으로 태어난 덕분에 비선의 선주까지 오른 게 아니겠소?"

"하기야 일반 여염집 처자였다면 좋은 남편 만나서 애 대여섯 낳고 키우는 게 전부였을 텐데 말이오."
"어쨌거나 우리도 슬슬 일어납시다. 연 형은 벌써 기슭 위쪽으로 사라졌소."

아닌 게 아니라 불회송구 연가락은 반대편 계곡 위 기슭을 따라 자취를 감췄다. 물론 그의 곁에는 추혼만리와 또 다른 노기인 몇몇이 따르고 있었지만, 어쨌거나 군진이 한 덩어리가 되어서 움직이기로 한 이상 크게 거리를 벌려서는 안 되는 일이었다.

패도천왕과 절대권왕, 그리고 무정검왕이 자리에서 일어나자 삼백여 군진의 사람들도 모두 제자리를 박차고 일어섰다. 그들은 곧바로 계곡물을 건너 반대쪽 기슭을 따라 오르기 시작했다.

기슭을 오를수록 냄새는 진하게 풍겼다. 솔향과 사슴피는 물론 또 다른 피 냄새와 약재 향이 뒤섞인 채 불회송구의 후각으로 흘러들었다.

"역시 부상자가 더 있는 모양이외다."

불회송구는 어느새 뒤를 따라붙은 천소유에게 말했다.

"피 냄새가 비릿한 걸 보면 이 부상자는 상당히 중한 내상을 입었던 것 같소. 하지만 벌써 거의 완쾌한 모양이오. 비릿한 피 냄새는 사흘 전의 것, 오늘의 피 냄새는 그렇게 지독하지 않으니 말이오."

천소유는 입술을 깨물었다.

무림십왕 중 네 명을 해치우는 과정에서 겨우 두 명 정도 부상을 입다니.

그 부상이라는 것도 한 명은 산속을 돌아다니면서 흔적을 지울 정도의 부상이었고, 다른 한 명 역시 중상이었다고는 하지만 불과 사흘 만에 거의 완쾌될 정도라면…….

도대체 무림오적의 무위가 얼마나 강한 것이란 말인가.

천소유가 그렇게 심각한 표정을 지으며 불회송구의 뒤를 따르고 있을 때였다.

누군가 가벼운 새 울음소리를 내며 손을 번쩍 들었다. 일순 삼백여 군진은 걸음을 멈추고 호흡을 삼키며 정신을 집중하여 그를 바라보았다.

추혼만리 교운동이었다.

그는 한 손을 든 채 다른 한 손으로 산기슭 쪽을 가리키고 있었다. 눈여겨보지 않았더라면, 집중해서 주의하고 살피지 않았더라면 절대 찾을 수 없을 동굴 입구가 바로 그곳에 있었다.

2. 비월(秘月)의 사자(使者)

동굴을 확인한 순간 천소유의 심장이 쿵쾅거리기 시작

했다. 그러나 다음 순간, 그녀의 곁에 있던 절대권왕 조동립이 가볍게 혀를 차며 말했다.

"기척이 느껴지지 않소."

천소유는 저도 모르게 그를 돌아보았다. 절대권왕은 날카로운 시선으로 동굴 안쪽을 주시하며 말을 이었다.

"하지만 사람이 머물던 온기와 기운이 남아 있소. 아무래도 우리의 움직임을 눈치채고 자리를 뜬 게 분명하오."

그의 말을 들었을까.

동굴을 발견한 추혼만리와 불회송구가 동시에 동굴 안쪽으로 들어갔다. 그리고 잠시 후 동굴을 빠져나온 그들은 고개를 끄덕이며 절대권왕의 말에 동의했다.

"확실히 이곳에 세 명의 흔적이 남아 있소."

"동굴을 떠난 지는 약 일, 이각 정도 된 듯하오."

천소유는 입술을 깨물었다.

일, 이각 전이라면 그들이 아름드리나무에 난 구멍의 흔적을 발견하던 그 무렵이었다. 그리고 조금만 대처가 빨랐더라면 놈들이 도망치기 전에 충분히 따라잡을 수 있었던 시간이기도 했다.

'내 탓이야. 너무 조심하고 주의하고 신중했던 탓에 그들이 도주할 시간을 벌어 준 거야.'

그렇게 자책하던 천소유는 문득 고개를 갸웃거렸다.

'이상하네. 세 명이라니, 왜 세 명뿐이지?'

무림오적은 다섯이었다. 그중 설벽린을 제외하더라도 강민리와 담우천, 화군악과 장예추가 있었다. 그리고 종리군의 전갈에도 그들 네 명이 함께 움직이는 중이라고 했다. 그렇다면 누가 중간에 빠진 걸까?

'강만리겠지.'

천소유는 빠르게 머리를 굴렸다.

'부상을 당한 자들이 쉽게 움직일 수 없는 상황이 되자 강만리는 홀로 저 동굴을 빠져나와 황계 무리와 합류하러 간 거야. 그리고 아마도 황계 무리를 이끌고 이곳으로 돌아올 공산이 커. 어쨌든 부상을 당한 자들을 보호해야 하니까 말이지.'

천소유는 저도 모르게 주위를 둘러보았다. 보이는 거라고는 삼백여 군진뿐이었다. 다른 기척은 전혀 들리지 않았다.

그러나 천소유는 방심하지 않은 채 심복들을 불렀다. 언제나 그림자처럼 그녀를 따라다니던 심복들이 모습을 드러냈다.

"강만리가 일단의 무리를 이끌고 이곳으로 돌아올 겁니다. 주변 경계를 확실히 해 두세요."

심복들은 놀라거나 당황하지 않았다. 그들은 곧 고개를 숙이더니 이내 사람들 사이로 흩어져 자취를 감췄다.

이른바 '비월(秘月)의 사자(使者)'라고 불리는 비선 최강의 고수들이 바로 그들이었다.

 천소유가 그들에게 지시를 내리는 동안 추혼만리와 불회송구는 동굴 밖으로 이어진 흔적을 뒤쫓고 있었다.

 급하게 동굴을 떠난 듯, 다급하게 도주하고 있는 듯 놈들은 흔적을 지우지 않았다. 지울 새가 없었던 까닭이기도 했고, 또 미세하고 흐릿하여 어지간한 이들은 눈치조차 챌 수 없는 흔적이었기도 했다.

 그러나 그 흔적을 뒤쫓는 자들은 천하에서 가장 유명한 추인(追人)들이었다. 한 번 물면 절대 놓지 않는 자와 한 가닥의 흔적으로 만 리를 쫓는 자가 붙은 것이다.

 불회송구와 추혼만리가 앞장선 가운데, 세 명의 십왕과 천소유, 그리고 삼백 군진이 그 뒤를 따라 쫓기 시작했다.

 도주의 흔적은 산등성이 위쪽으로 이어졌다가 비탈을 타고 내려가기를 반복하고 있었다.

 "우리의 이목을 흩뜨리기 위한 행동이오."

 추혼만리가 도주하는 이들이 무슨 생각을 하고 있는지 알고 있다는 듯이 말했다.

 "발자국의 깊이를 보건대 한 명이 누군가를 업고 있는 것 같소. 업힌 자는 아무래도 중상을 입었던 자 같소."

 불회송구는 마치 도주하는 뒷모습을 본 것처럼 말했다.

"확실히 강한 자들이오. 무엇보다 다른 한 명의 흔적은 거의 찾을 수가 없을 정도요. 이 정도라면 우리보다 한 수 위, 어쩌면 십왕에 버금가는 실력을 지녔을 수도 있소."

추혼만리의 말에 천소유는 한 명의 이름을 떠올렸다.

사선행수 담우천.

확실히 그라면 십왕과 버금가는 실력을 지녔다고 할 수 있었다.

다음 순간 천소유는 고개를 갸웃거리며 물었다.

"그럼 누군가를 업고 있다는 자는요?"

불회송구가 흔적에서 시선을 떼지 않은 채 대꾸했다.

"물론 대단한 고수임에는 분명하지만 그자에 비하자면 확실히 떨어지는 것 같소. 한 사람을 등에 업었다고는 하지만, 그리고 부상을 입었다고는 하지만 꽤 흔적이 명료하게 남아 있소."

추혼만리가 고개를 끄덕이며 덧붙여 말했다.

"이 정도라면 우리와 비슷하거나 혹은 한 수 아래의 실력자 같소이다."

천소유는 저도 모르게 고개를 갸웃거렸다.

'부상을 입은 자나 중상을 당한 자는 당연히 화군악과 장예추들일 텐데…….'

그녀가 알고 있는 두 사람이라면 절대 담우천에 비해 뒤지지 않는 고수였다. 당연히 노기인들이나 백팔원로보다 뛰어난 무위를 지니고 있었다.

그런데 추혼만리와 불회송구는 의외로 그 둘 중 한 명의 무위를 낮게 평가하고 있었다.

'뭔가……'

이상하다는 생각이 그녀의 뇌리에 떠오르는 순간, 추혼만리가 화들짝 놀라는 목소리로 소리쳤다.

"저기 있소! 놈들이 저기 있소!"

일순 사람들은 추혼만리가 가리키는 방향으로 일제히 시선을 돌렸다.

산을 이리저리 오르고 내리면서 한 바퀴 돈 것일까. 어느새 추혼만리가 가리키는 방향에는 조금 전의 그 계곡이 있었고, 시야 끝자락에 개미만 한 크기의 검은 인영 두 개가 꿈틀거리며 계곡을 따라 내려가는 모습이 보였다.

지금 추혼만리들이 올라가는 방향과는 정반대의, 그들의 허를 찌르는 도주 경로였다.

안개가 갠 게 천만다행이었다.

희미하게 남은 흔적을 뒤쫓느라 침침해진 눈을 회복하기 위해서 추혼만리가 잠시 고개를 돌리고 먼 곳을 응시한 우연 덕분이었다.

덕분에 놈들을 발견할 수 있었던 삼백 군진은 누가 뭐라고 할 새도 없이 몸을 돌리더니 이내 거친 고함을 내지르며 산을 타고 내려가기 시작했다.

공을 세우기 위해서, 동료의 죽음에 대한 복수를 하기 위해서 사람들은 저마다 전력을 다해 경공술을 펼쳤다.

순식간에 진형이 허물어졌다.

"안 돼요!"

뒤늦게 천소유가 부르짖듯 소리쳤다.

"뿔뿔이 흩어지면 안 됩니다! 진형을 갖춰서 추격해야 해요!"

그녀는 연신 소리쳤지만 소용없었다. 그녀의 목소리는 성난 자들의 들끓는 고함과 함성에 묻혔다. 이미 사람들은 이성을 잃을 정도로 흥분한 상태였다.

"어쩔 수 없군. 우리도 합류할 수밖에."

절대권왕이 중얼거리더니 이내 지면을 박차고 쏜살같이 내달렸다. 그 뒤를 따라서 패도천왕과 무정검왕이 허공을 날았다.

세 명의 십왕마저 자리를 떴다. 그곳에 남은 건 어느새 천소유와 그녀를 지키는 호위들뿐이었다.

천소유는 발을 동동 구르다가 어쩔 도리가 없다는 듯이 심복과 호위에게 말했다.

"우리도 따라가요!"

심복 중 한 명이 그녀를 안아 들었다. 동시에 지면을 박차고 허공을 가르며 날았다. 세찬 바람에 그녀의 머리카락이 나부꼈다.

'장예추.'

천소유는 이를 악물었다.

분명 계곡을 따라 도주하는 이들 중에 장예추가 있을 것이다. 중상을 입은 채로 업혀 있거나 혹은 그를 업고 달리는 자 중 한 명일 터였다.

아쉽게도 누가 장예추인지 확인하기에는 너무나도 거리가 멀었다. 또한 그녀의 안력이 십왕이나 원로들처럼 뛰어나지도 않았다.

"어쨌든……."

저도 모르게 천소유의 입에서 희미한 목소리가 새어 나오고 있었다.

"반드시 죽이고 말 거다, 장예추."

그녀를 안고 나는 듯 달리는 심복의 눈빛이 희미하게 흔들렸다. 십여 년 가까이 그녀를 모시고 있었지만 이렇게 악독하고 잔인하게 들리는 목소리는 처음 들었던 까닭이었다.

3. 몰살당할 거야

"죽여라!"

"놈들이다!"

"어딜 도망치려 하느냐!"

우렁찬 고함이 등 뒤, 산 위쪽에서 들려왔다.

담호를 업고 있던 진재건은 저도 모르게 뒤를 돌아보았다가 이내 인상을 찡그렸다.

"젠장."

욕설이 절로 튀어나왔다.

수십, 수백 개의 신형이 산 위쪽에서 빠른 속도로 날아들고 있었던 까닭이었다.

물론 그들과 진재건과의 거리는 상당히 멀리 떨어져 있었지만 어디까지나 저들은 백도 정파의 전대 고수들이었다. 개개인의 명망이 하늘에 닿아 있고, 그 무위가 천하를 진동시키는 절정고수들이었다.

이렇게 뒤를 잡힌 이상, 그들에게 따라잡히는 건 시간 문제였다.

"내가 업지."

담우천이 등을 내밀었다.

진재건이 담호를 업고 도망치는 동안 담우천은 계속해서 자신들의 흔적을 지우며 도주 경로를 숨기고자 했다. 상대방이 평범한 고수들이었다면 충분히 통할 계획이었다.

그러나 저들에게는 추혼만리와 불회송구가 있었다. 그

들의 눈까지 속이기에는 시간이 너무 부족했다. 게다가 저들에게는 행운까지 깃들고 있었다.

"죄송합니다."

진재건이 담호를 건넸다.

아침 무렵 한 번 깨어났던 담호는 물 한 모금을 마신 후 다시 죽은 듯 잠들었다. 진재건의 등에서 담우천의 등으로 옮겨 가는 동안에도 일어나지 않았다.

담우천은 아들을 업으면서 문득 옛 생각을 떠올렸다. 납치당한 아내 자하를 뒤쫓던 당시, 그는 등에 멘 광주리에 둘째 아들 담창을 앉히고 담호의 손을 잡은 채 강호를 유랑했다. 그게 몇 년 전의 일이었던가.

세월은 흘러 그 어린 소년이었던 담호는 어느새 장성하여 부친의 키와 체격과 비슷하게 자랐다.

그 묵직함이 등 뒤에서 전해지는 순간 담우천은 저도 모르게 결의와 각오를 다졌다. 반드시 이 아이를 살리겠다는 결의였고 각오였다.

그렇게 담호를 바꿔 업은 두 사람은 빠른 속도로 계곡을 따라 산을 내려갔다. 그들이 한 걸음을 내디딜 때마다 삼사 장 거리의 계곡물이 발밑으로 스치듯 지나쳤다.

그러나 적도 만만치 않았다. 아니, 담호를 업은 담우천과 부상을 당한 진재건에 비해 그들은 기력도 충만했고, 체력도 강인했다. 조금 전의 식사 덕분에 순간적인 속도는 몰라도 지구력만큼은 절대 뒤지지 않았다.

시간이 흐르면서 점점 더 거리가 좁혀지고 있었다. 개미만 하게 보이던 상대방의 모습이 어느덧 그 윤곽을 알아볼 수 있을 정도의 거리까지 좁혀졌다.

진재건은 힐끗 뒤를 돌아보고는 뭔가 결심한 듯 담우천에게 말했다.

"먼저 가십쇼."

담우천은 경공술을 멈추지 않은 채 그를 돌아보았다.

"자네는?"

"마침 제게 강 장주께서 주고 가신 축융문의 폭약이 있습니다. 그걸로 놈들의 발목을 붙잡겠습니다."

"그럴 수는 없지."

담우천은 고개를 저으며 말했다.

"자네의 죽음으로 내가 살 수 있다고 해서 그걸 받아들일 수 있겠는가?"

"하지만 소장주만큼은 반드시 살려야 합니다."

"그것도 마찬가지일세."

담우천은 힐끗 뒤를 돌아보았다.

진재건과 대화를 나누며 경공술을 펼치고 있기 때문일까. 아니면 슬슬 체력이 떨어지기 시작한 까닭일까. 생각보다 훨씬 더 거리가 좁혀져 있었다.

담우천은 다시 앞을 돌아보며 말했다.

"담호가 깨어나서 그 사실을 알게 된다면 절대 나를 용서하지 않을 것이네."

"그렇지만……."

"게다가 무엇보다 자네의 죽음으로 약간의 시간을 번다고 치세. 그렇다고 나와 담호가 도주하기에 충분한 시간이냐 하면 절대 그렇지 않을 걸세."

"으음."

진재건은 입술을 깨물었다.

담우천의 말은 확실히 냉정했다.

진재건이 폭약으로 저들의 발목을 잡는다고 할지라도 그 시간은 채 반각도 되지 못할 터였다. 그렇게 목숨을 바쳐 반각을 지체시켰다고 해서 담우천과 담호가 저 수백 무리의 추격을 따돌릴 수 있을까?

그럴 리가 없었다. 그러기에는 저들의 무위가 너무나 높고 강했으니까.

"그럼 이제 어떻게 하죠?"

진재건이 묻자 담우천은 빠르게 대꾸했다.

"도망쳐야지."

"하지만……."

"죽을 때는 죽더라도 계속해서 도망치는 게야. 끈질기게 버티고 노력하면 반드시 살아남을 길이 보이게 될 테니까."

진재건은 눈살을 찌푸렸다.

아무리 생각해도 살아남을 길은 보이지 않았다.

물론 마지막 희망은 남아 있었다.

강만리가 황계의 고수들을 이끌고 이곳으로 돌아오는 중일 테니까. 그리고 무천산을 오르다가 이 소란과 고함과 함성을 듣고서 진재건들의 위치를 파악하고 도움의 손길을 뻗을 수도 있었으니까.

하지만 역시 아무리 머리를 굴려 봐도 그건 희망이 아니었다.

황계의 남은 백야와 황백의 수는 불과 삼십여 명에 지나지 않았다. 반대로 상대는 언뜻 봐도 삼백은 족해 보였다. 백팔 원로와 노기인들에다가 청성 지부 고수들까지 모두 달려온 게 분명했다.

과연 그들을 상대로 황계의 남은 고수들이 싸워 이길 수 있을까.

'몰살당할 거야.'

진재건은 내심 한숨을 내쉬었다.

냉정하게 손익을 따지자면 차라리 강만리와 황계 고수들이 진재건들을 찾지 못하는 게 훨씬 나았다. 그게 그나마 남은 힘을 비축할 수 있는 유일한 방법이었다.

'정말 지랄맞군그래.'

진재건은 속으로 투덜거리며 힐끗 뒤를 돌아보았다.

이제 사람들의 얼굴을 분간할 수 있는 거리까지 좁혀졌다. 대략 삼백여 장. 이 정도라면 일각, 아니 반각 만에 따라잡힐 거리였다.
 '역시 내가 죽어야 하나?'
 진재건은 입술을 깨물며 각오를 다졌다.
 그는 품에 손을 넣었다. 축융문의 폭약이 담긴 금합이 손가락 끝에 닿았다.

(무림오적 71권에서 계속)

환상이 숨쉬는 공간 파피루스 blog.naver.com/gnpdl7

율운 스포츠 판타지 장편소설

역대급 뱀직구로 슈퍼에이스!

뱀 한 마리 구해 주고 패스트볼의 신이 되었다
『역대급 뱀직구로 슈퍼에이스!』

밋밋한 포심, 애매한 변화구
혹사에 이은 수술, 그리고 입대까지
높아져만 가는 프로의 벽에 절망하던 구강혁

어느 날 고통받던 뱀을 구해 주고
문신과 함께 신비한 야구 능력을 얻게 되는데

"구속도 구속인데 무브먼트가……. 마치 뱀 같은데?"

타격을 불허하는 뱀직구를 앞세워
한국을 넘어 메이저리그까지 제패하겠다
전설을 써 내려갈 구강혁의 와인드업이 시작된다!

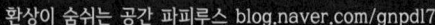

환상이 숨쉬는 공간 파피루스 blog.naver.com/gnpdl7

회사 때려치우고 카페합니다

펩티드 현대판타지 장편소설

야근에 잔업, 죽어라 일만 하던 어느 날
할아버지가 돌아가셨다는 연락을 받았다
하지만 회사의 반응은 싸늘한 업무 지시뿐

"이런 X같은 회사, 내가 나간다."

그렇게 사표를 던지고 내려온 고향
할아버지가 남긴 카페로 장사나 하려는데
이 카페, 뭔가 심상치 않다?

―상태 : 만성 피로, 극도의 스트레스
\>김하나의 손재주

"뭔가 이상한 게 보이는데?"

손님의 고민을 해결하고 재능을 물려받자
바쁜 일상 속의 단비 같은 힐링이 시작된다!